フミヤ先輩と、
好きバレ済みの僕。

椿ゆず

STARTS
スターツ出版株式会社

フミヤ先輩と、好きバレ済みの僕。

Tsubaki Yuzu
椿ゆず
Illustrator
砂藤シュガー

BeLuck文庫

僕の好きなもの。メイク、ファッション、流行りのもの、旅行、おしゃべり、スイーツ、夜のパック、そして親友のモモ。

恋に憧れる高校一年生の僕がある日出会ったのは、イケメンカフェ店員――フミヤ先輩。

完璧な立ちふるまいと、色気のある仕草、ハーフアップの黒髪、涼しげな瞳。まるで奇跡みたいな先輩のかっこいい姿に惹かれ、僕は勇気を出して聞いた。

「ぼ、僕って……あなたの恋愛対象に入りますか？」

先輩の答えは――。

「入り、ますね。恋愛対象」

ゆっくりお互いを知っていくことになった僕らだけど……。学校で再び出会ったフミヤ先輩は、イケメンの面影ゼロの、なぜかもじゃもじゃなだらしない姿で……!?

「先輩、なんなんですか!?　どうしてこんな無惨な姿に!?」

「無惨て」

これは省エネ系男子高校生のフミヤ先輩と、とある秘密を抱えたあざとい僕の、ゆるくて、キュンとして、最高にハッピーで、ちょっと刺激的な恋のお話。

Character
キャラクター

竹内幸朗

努力家で美意識高めな
今っぽ愛され系男子。
可愛らしい見た目だが、
まっすぐで芯の強い一面も。
カフェで文哉に出会い
ひとめ惚れするが、
その後同じ高校で再会して……？

幸朗の親友
藤代モモ

幸朗の一番の理解者。
感受性豊かな性格のいいギャルちゃん。
二人のことを心から応援している。

校内での文哉

無造作なもじゃもじゃ頭が
印象的。美意識の高い幸朗に
衝撃を与える。

「貞（さだ）文（ふみ）哉（や）」

恵まれた容姿を
無駄にする省エネ系男子。
おしゃれなカフェで働いている。
バイト中はイケメンなのに、
校内では超モサい。
バイト中に幸朗に
アタックされて……？

目次

1　フミヤ先輩はイケメンカフェ店員

　買ったばかりの色つきリップを唇に載せ、指の腹で丁寧になじませた。唇にぱっときれいな血色感が出て、前よりも健康的な顔つきになる。艶やかなアッシュホワイトの髪、大きな瞳、整った輪郭、ぷるんとした唇、長いまつげ。

　鏡の前の自分ににっこりと微笑む。うん、今日も僕はばっちりかわいい。

「さっちゃん、まだー？　お腹でも壊したのー？　えー、下痢ー？　大丈夫ー？　うちがお腹さすってあげようかー？　さっちゃん？　幸朗？　竹内幸朗くーーーーん？」

　前髪をセットしているというのに、デリカシーのない親友の声が、延々と扉の向こうから聞こえてくる。

「モモ、フルネームで呼ぶな！」

メイク道具を大事にポーチの中に入れ、校内の男子トイレから廊下に出た。

その途端、パックの野菜ジュースを飲んでいた藤代モモが「えっ、新しいの買ったの？　リップかわいい！」と笑顔で話しかけてくる。

「でしょ？　どこも売り切れてたやつ。この前田舎のスーパーで、奇跡的に一個見つけた」

モモは、僕と同じクラスの女子生徒だ。スタイル抜群の容姿と、モモの性格を丸ごと表しているような陽気な笑顔。彼女の明るい紅茶色の髪は胸元まで伸び、その毛先には愛らしいピンクの裾カラーが施されている。

飲み終えた紙パックをぎゅうぎゅうとごみ箱に押し込んだあと、モモは唇を尖らせて僕の腕にすり寄ってきた。

「いいなー。うちもつけたいー。ねぇねぇさっちゃんーうちもつけてみたいー」

「しょうがないなぁ」

ポーチからリップを取り出した瞬間、モモは秒速で僕からリップを奪う。モモがリップを塗るのに夢中になっている間、僕はまた「しょうがないなぁ」と、年季が入っている折りたたみ式のミラーを彼女の前に差し出した。

モモのぶ厚い唇に、桜みたいな淡いピンクが色づいていく。

まるで魔法のようなこの瞬間が、僕は大好きだ。

「いいじゃん、モモ」

「ごめん、さっちゃん。うちのほうが似合っちゃった」

「はいはい」

「唇が輝きすぎて、マジ流れ星超えて天の川！」

「はいはい、言ってろ」

気心の知れた間柄（あいだがら）の僕たちには、遠慮というものがない。けらけらと笑ったモモと並んで、下駄箱から厚底のスニーカーを取り出す。


モモとの出会いは、僕たちが中学一年生の時まで遡る（さかのぼる）。とある理由で中学受験をした僕は、知り合いがゼロの状態からのスタートだった。初めてクラスが一緒になったモモとは、話してすぐに意気投合した。僕とモモには、おしゃれもメイクも大好きだという共通点があった。

お昼休み、放課後。休日も朝から晩まで、僕たちはたくさんの話をした。どこのファンデが自然で持ちが良くて崩れないだとか、どこのマスカラを使えば教室の天井まで届くようなまつげが作り出せるのかとか、唇はひとつだけどリップはいくらあってもいいとか。そんな高尚(こうしょう)な話ばかりしていたっていうのに、世間一般の大多数の人間から言われる言葉は、悲しいかなひとつだけだ。

――お前ら付き合っちゃえよ。

賑(にぎ)やかな教室で、一斉にクラスメイトたちの好奇心旺盛な視線にさらされた僕ら。

その場では曖昧にお茶を濁した僕だったけれど、一晩中考えて答えを決めた。

そして、それはモモも同じだった。

次の日の放課後、僕とモモは駅ビルの化粧品売り場で、自分に一番似合うリップの色を探しながら、今までずっと意識的に避けていた話題を持ち出した。

「あのさ、モモ……ごめん。僕、男の子が好きなんだ。だから、モモのこと恋人にしてあげられない」

　モモは試供品を試しすぎて、真っ赤になった左手の甲を口元に持っていくと、今にも泣きそうな顔で言った。

「え――、うちもそう言おうと思ってたぁ！　だってうち女の子が好きなんだもん～～！　さっちゃんは大好きだけど、男の子は無理～～！」

　僕たちは互いの顔をじっと見やった。しばらくして試供品をそっと丁寧に元の場所に戻し、声を押し殺して泣きながら抱き合ったのだ。あの日以来、僕たちは固い友情で結ばれている。

　モモは女の子が好き。僕は男の子が好き。なんて最高な組み合わせなんだろう。


「ねぇねぇ、さっちゃん」

　昔のことをぼんやりと考えていた僕に、モモがにこっと眩しい笑顔を見せた。

「あさ子さんにもこのリップ見てもらいたい。自撮り送ろうかな？　さっちゃんも一緒に写ってよ」

「いいけど……。あさ子さんは、モモだけ写ってたほうが嬉しいんじゃない？」

モモは苦いお茶でも飲まされたような顔で「だってハズいじゃん」とかなんとかブツブツ言っている。

あさ子さんは他校の高校二年生で、一年以上付き合っているモモの恋人だ。男の僕から見ても、とてもボーイッシュでかっこいい。何度も三人で遊んだことがあるけれど、彼女たちの互いに思いやるイチャイチャぶりを見ていると、僕も早く大切な人が欲しいと切実に感じる。

高校一年生になったばかりの僕が掲げる今の目標は、メイクの勉強をたくさんすること、それからたったひとりの好きな人を見つけることだ。二つ目の目標は僕の過去を思えば、ある意味とてもハードルが高いのだけれど。

好きな人に好きになってもらう。そんな奇跡が僕の身に起こったら、今まで以上にとびっきりのおしゃれをして、その彼と花火大会に行ってみたい。

「さっちゃん、キメ顔して」

モモはスマホの加工アプリを慣れた手つきで立ち上げると、僕の顔に頬(ほほ)をつけてキメ顔を要求する。カメラを向けられたら勝手にかわいい顔をしてしまう性質の僕は、口角を少しだけ上げてきれいなウインクを披露(ひろう)した。

「おっけ、ラインで送った！」

モモがメッセージを送ってすぐに既読が付いたらしく、「あさ子さんが『お揃いのリップ似合ってる』って」と嬉しそうに口角を上げる。

「よかったねー、モモ。……あっ、てか、今日チートデーじゃん！」

ダイエットでストレスを溜めないため、一週間に一度、僕たちは摂取カロリーを気にしなくていいチートデーを設けている。ただ痩せるだけではナンセンスだ。健康的で、自分自身がかわいいと思える、自分に合った体形を楽しく維持する。それが僕の譲れない信念で、モモはその考えに賛同してくれている。大事なのは他人ではなく、自分自身が自分をかわいいと思えること。そんな風に考えている僕だけど、最初から強い理想を掲げていたわけじゃない。過去に、あるきっかけがあって、変わりたいと思ったのだ。

「お待ちかねのチートデーということで……。ねぇ、さっちゃん、今日はいつもと違うカフェに行かない？　うち、この前穴場見つけちゃったんだよねぇ。さっちゃんに、かなりおすすめなとこ」

得意顔でそう言うモモに、僕は「穴場……？」と首を捻った。

いつもは品揃えがレベチな駅ビルの化粧品売り場に行き、新作のコスメをチェックした流れで、上の階のファミレスに入り浸るのが僕たちのルーティンだった。

「この前、モモが見つけてきた『穴場のカラオケ店』、かなりひどかったじゃん」

壊れそうなくらい建物が古かったことに加え、大学生くらいの店員とおじさん店員が、僕が受付している間、やけにモモの胸と太ももをジロジロ見るのが不快だった。モモはさっぱり気づいていなかったけれど、僕はあまりにひどい店員の態度に、彼女の手を引っ張って一目散に店から逃げ出した。あんな店は二度とごめんだ。

「今日はほんとに大丈夫だって！　ガチです、幸朗くん」

「その名前で呼ぶなってばー」

むっとして眉間(みけん)に皺(しわ)を寄せてから、いけないいけないと顔面をフラットにする。皺にならないよう、アンガーマネジメントを駆使して自分の怒りを収めた。モモの言う『穴場のカフェ』がまたひどい場所だったら、すぐに彼女の手を引いて問答無用で帰るつもりだ。


穴場のカフェは、学校から地下鉄で三駅先のところにあった。路地裏に入ると、ふっと目に飛び込んでくる小さな看板。『Cafe Miracle(カフェ ミラクル)』と、オシャレな筆記体で書かれている。

僕はカフェを見上げ、すでに高得点をあげそうになってしまった。

一階は白で、二階はパステルピンクの建物。白い縁取(ふちど)りの大きなアーチ型の窓があり、まるで童話の挿絵みたいな雰囲気を醸し出している。アンティーク風な木製のドアには、ハート型のガラス窓がはめ込まれていた。中央には『OPEN』の文字が書かれたプレート。

「外観めっちゃかわいいじゃん……。このへん、遊びに来たこともあったのに全然気づかなかった」

「ね、でしょ？　うちとさっちゃんってコスメとかの話になると、真剣だから周り見てないんだよね」

ウケる、とモモが白い歯を見せて笑い、僕は「それな」と深くうなずいた。

「どう？　このカフェ気に入ったでしょ？　さっちゃんはわかりやすいんだから」

「まだだよ！　まだなんも食べてないし、店員さんも見てないし、わかんない！」

正直なところ、すでに想像の域は超えていたけれど、僕はふんと猫のように顔を背けた。

「まあまあ、そう言わず」

きっと気に入るよ、と耳元でささやかれ、妙な違和感を覚える。

「なんでそんな自信満々に……」

「それでは、さっちゃん、どうぞお開けください」

モモに促されてドアを開けると、甘い香りとコーヒーの香ばしい匂（にお）いが漂ってくる。

店内は、かわいい外観と遜色（そんしょく）がない素敵な空間だった。天井から吊（つ）るされた小さなシャンデリアが柔らかな光を放ち、ところどころに飾られたアンティークな額縁には、かわいらしい猫や花の絵が収められている。カウンターの横には、ガラスケースに入ったカラフルなマカロンやふわふわのシフォンケーキが並び、目移りしてしまいそうだ。

「いらっしゃいませ。何名様ですか」

心地のよい低音が聞こえ、はっとして声の持ち主を見やった。心臓の鼓動がわかりやすく速くなる。

僕の目の前に立っていたのは、白いシャツと黒いエプロンを身にまとい、目を優しく細めたカフェ店員だった。

僕は言葉を失いながら、じっと彼を見つめた。

長身でスラリとした体型。ウェーブした黒い長髪は後ろでハーフアップに縛られ、整った顔立ちがひときわ目立っている。彼の涼しげな目元から漂うどこかミステリアスな雰囲気。全身から匂い立つ彼の色気に、胸がきゅうっと音を立ててときめく。

カフェ店員は視線を寄越したまま固まっている僕を見て、「ん？」と不思議そうに首を傾げた。

制服に付けられたネームプレートには、カタカナで『フミヤ』と書かれている。普段は社交的な僕なのに、口ごもってしまい何も言葉にできそうにない。

モモはそんな僕を見かねたのか、

「ふたりでーす」

とピースサインをしながら、にこにこと店員に答えた。

「では、こちらへどうぞ」

柔らかな物腰で、その店員は僕たちを広いテーブル席に案内してくれた。それからモモが「何がおすすめですかぁ」とか「じゃあこれにしますぅ」とか勝手に話を進めている最中も、そわそわと落ち着かなかった。

一六六センチの僕が見上げるくらいの身長差を考えると、彼はだいたい一八〇センチくらいだろうか。ピアスの穴は左にふたつ、右にひとつ。けれど、今は何もつけられていない。

彼がカウンターの向こうで器用にコーヒー豆を挽く姿や、ラテアートを描くために繊細な手つきでミルクを注ぐ様子が、気になって気になってしょうがなかった。時折カウンターのほうをチラチラ見つめては、彼と目が合うたびに慌てて視線を逸らしている。

ばかみたいだ、今の僕。

「ねぇ、モモどうしよう……」

僕がぽつりと言うと、まだ何に困っているのか言ってもいないのに、モモはしたり顔でにやりと笑った。いつもなら腹が立つけど、今はそれどころじゃない。

「ガチでかっこいい……ねぇ、モモあの人すごいかっこいい……」

「だと思った〜！」

「僕の顔大丈夫？　ファンデ崩れてない？　リップ取れてない？　昼食べたお好み焼きの青のり歯にくっついてない？」

「大丈夫。大丈夫。宇宙一イケてる」

宇宙一の称号(しょうごう)を手に入れても、心臓の鼓動は全然大丈夫じゃなかった。注文した品をトレーに載せて、彼がこちらに向かってくるのが見える。さらに激しく心臓が鼓動を打ち始め、僕はひどく動揺していた。

店員は僕の横に立つと、パフェを手にしてぽつりとつぶやいた。

「こちらは、えーと、なんでしたっけ……」

「……え？」

彼の言葉の意味がわからず、僕とモモはきょとんと目を丸くする。

「やべ、ど忘れした……。苺を英語で言うと」

僕は絞り出すように「……ス、ストロベリー?」と答えた。もちろん正解なんだけれども、その時の僕は思考能力が落ちていたので、祈るような気持ちで彼の次の言葉を待った。

「それだ」

いたずらが成功した少年みたいな顔をして、イケメン店員は小さく口角を上げた。

「スペシャルストロベリーパフェをお持ちしました」

静かに目の前に差し出されるスペシャルストロベリーパフェ。僕はなんだかおかしくて、「ふはっ」と声を出して笑ってしまった。

「ダサいっすね、俺。でも、君に笑ってもらえたから、いいか」

イケメン店員は「ごゆっくりどうぞ」と微笑むと、何事もなかったかのようにカウンターに戻ってしまった。

目の前にあるグラスの中に広がる小さな苺色の世界。透明なグラスの底には、ほんのりピンクがかったスポンジケーキとコーンフレークが敷き詰められていた。僕は黙って、宝石のように輝く苺のスライスとふんわりとしたホイップクリームをひとくち頬張る。甘さと酸味が絶妙なバランスを保ち、口の中いっぱいに苺の香りが広がった。

異様においしいスペシャルストロベリーパフェを食べながら、僕の顔はまるで苺みたいに真っ赤になっている。

「ねぇ、モモ……僕さ……」

「うん」

モモがにっこりと笑って答える。

「あの人がすごく気になるんだけど、がんばってもいいかな」

「あったりまえじゃん！　行ってきなよ！」

「もし、だめだったら――」

「うちが失恋ソング何曲でも一緒に歌ってあげる。もちろんあのクソカラオケ店以外で」

気合いを入れてパフェを食べ終え、僕はずんずんとイケメン店員の元に向かった。お客さんは僕ら以外いなかったし、なるべく迷惑にならないように今しかチャンスはないと思ったのだ。

「あのっ！　恋人はいますか？」

いきなりの僕の質問に、当たり前だけどカフェ店員はとても驚いたようだった。ドン引きされていたらどうしようという気持ちと、そんなの気にしないという強気な気持ちが、心の中でないまぜになって揺れている。

「恋人は、いないです」

こんなイケメンが誰のものでもないなんて奇跡だ。ガッツポーズをしたいところだけど、まだ早い。僕はできるだけかわいく見えるような上目づかいで、彼のことを見つめた。

「ぼ、僕って……あなたの恋愛対象に入りますか？」

店員はしばらく考えていて、まるで生きた心地がしなかった。実際にはたった五秒くらいの時間だったけれど、冗談ではなく、僕には永遠かと思えるくら

いの長さに感じられていたのだ。

彼はこめかみをぽりぽりとかき、

「入り、ますね。恋愛対象」

と真面目な顔で言う。

「嘘だ……」

八割、いや九割玉砕（ぎょくさい）する覚悟だった僕は、彼の言葉が信じられなくて、若干涙目でカフェ店員を見上げた。

「ほんと、嘘じゃないって」

イケメンカフェ店員は今日一番の屈託（くったく）ない笑みを見せ、僕の頭に、本当に本当に……まるでガラス細工を扱うみたいに優しくぽんぽんと触れてくる。その手首から、ふわりと爽（さわ）やかで甘いムスクの匂いが漂ってきた。

「ゆっくりお互いを知っていきましょう。……ね、やくそく」

カフェ店員の口元から覗（のぞ）く白い歯と、差し出された細く骨張った小指に、僕はまたキュンと胸をときめかせてしまった。こんなの出来すぎだと思いつつも、ゆっくりと彼の小指に自分の小指を絡める。

小さく指切りげんまんをした僕たちは、互いにじっと見つめ合った。

奥で僕たちを見守っていたモモが、「ひゃあ〜〜！」と初孫が立つのを見たおばあちゃんのような勢いで、盛大にわめき散らしているのが聞こえる。

「あの、……な、名前と年齢を教えてください！」

口元を押さえてドタバタしているモモから目を逸らし、僕は緊張で震える手を隠すように服の端を掴んだ。心臓が早鐘を打つのを感じながら、目の前の彼に向かって声を絞り出す。

彼は僕をじっと見つめ、それから柔らかな微笑みを浮かべた。

「俺は、フミヤって言います。さだふみや、貞子の貞に、それから……」

言葉を途中で切り、彼が少し考え込むような表情を見せた。

「待って、見てもらったほうが早いわ」

ポケットからスマホを取り出し、スムーズな動きでメモアプリを開く。彼は画面に漢字を入力しながら、僕に説明してくれた。

「年齢は今年十八で、高校三年生です」

落ち着いた話し方に聞き入ってしまった。僕よりふたつ年上のフミヤ先輩。たった二年の違いなのに、彼の存在がまるで雲の上の人に感じられる。

「君の名前も聞いていい？」

僕ははっとして目を見開いた。なんてことだ。緊張しすぎて名乗ることすら失念していたらしい。改めてがっついてしまった自分に気づき、頬が熱くなるのを感じる。

「……じ、自己紹介もせずにすみません。僕は竹内幸朗です。……高校一年生です」

言葉を詰まらせながらも、なんとか続けた。

「ほ、本名はあまり好きじゃないので、『さっちゃん』って呼んでください」

先輩は涼しげな目を細め、不思議そうに言う。

「『さちろう』って名前も素敵だと思うけど、嫌いなの？」

熱心に見つめられて、視線が泳いでしまった。どうやらフミヤ先輩は、人の目をしっかりと見て、話をするタイプらしい。

「嫌いってわけじゃなくて、自己プロデュース的に合わないっていうか、さっちゃんの自分でいるのが好きなんです……」

「そっか、かわいいね」

「……え？」

「これからよろしくお願いします、さっちゃん」

どうか、こんなにもうるさい僕の心音に気づかないでいて。そう祈りながら僕は彼の顔を見上げ、小さくうなずいた。その瞬間、フミヤ先輩の瞳に映る自分の姿を意識して、また頬が熱くなるのを感じる。

それから新しいお客さんの入店を告げるドアベルの音が響き、彼は柔和な笑顔を残して仕事に戻っていった。僕は大人しくテーブルに戻り、彼の背中を目で追いながら、モモに小さく話しかける。

「モモ、どうしよう。ゆっくりお互いを知っていくことになったんだけど……これ、夢？　現実だよね？」

僕の声は自分でもわかるほど震えていて、まったく自分の感情を抑えきれていなかった。

モモは頬を上気させながら、「しっかりして、さっちゃん！　現実だから！」と鼻息荒く言う。彼女の表情には、親友としての喜びと興奮が混ざっているみたいだ。

「実はね……」

モモが追加で頼んだポテトをつまみながら、にやりと口角を上げた。

「……な、何？」

「あさ子さんとここに来た時、あの人が接客してたんだよね。うちとしては、『さっちゃんに似合う男探したろ委員会会長』だから、なんかピンときたの。さっちゃんに合うんじゃないかって。あさ子さんもそう思ったみたいだったから、さらに確信したんだよね～」

さすが大親友のモモと、その恋人のあさ子さんだ。僕は思わず苦笑いを浮かべた。初対面で勢い余って彼をナンパしてしまったくらいだから、彼女たちの勘が当たっていたのは間違いない。

「ねぇ、さっちゃん。きっと叶うよ。好きな人と花火大会に行くって夢」

僕は素直にうなずいた。フミヤ先輩がその「好きな人」になるかはまだわからない。でも、彼と先ほど指切りしたように、『ゆっくりと』知り合う時間はある。

ポテトも食べ終え、僕たちは席を立った。レジに向かう途中、僕はフミヤ先輩に小さく会釈をして、ささやくように言った。

「……あの、また来ます」

「待って、さっちゃん」

彼の声とともに、僕の手首がふわりと掴まれた。心臓が激しく鳴り、頬が熱くなるのを感じる。フミヤ先輩は僕の手に小さな紙切れを握らせ、大人びた笑顔を浮かべた。

「これ、俺のＩＤです」

「……あ、ありがとうございます！」

上擦(うわず)った声で礼を言う僕を優しく見つめ、彼は最後にこう言った。

「さっちゃん、またね」

急いで書いてくれたのか、紙切れに浮かぶ少し雑な手書きの文字。カフェを出たあとも、僕の手には彼の温(ぬく)もりが残っているようだった。

――ゆっくりお互いを知っていきましょう。……ね、やくそく。

フミヤ先輩の言葉を頭の中で反芻(はんすう)する。僕はどうかその言葉が、この世の中に溢れ返る社交辞令ではないことを心から祈るのだ。

2　フミヤ先輩はもじゃもじゃ

イケメン店員の名前は、貞文哉（ふみや）先輩、高校三年生。カフェでのネームプレートの印象が強くて、僕はフミヤ先輩と呼ぶことにした。

あの指切りげんまんから一週間、僕はカフェに通い続けた。当日は、もらったＩＤに僕からメッセージを送った。次の日はラインのＩＤを教え合い、次の日には先輩に双子（ふたご）の妹がいることを教えてもらった。その次の日には先輩がバイセクシャルで、僕がゲイだと教え合った。その次の日には初めて電話をして、その次の次の日には夜遅くまでメッセージを交わし合った。

『なんと来週から新しく「シトラスティーパフェ」が出ます』

『食べたい！　絶対食べに行きます！』

『待ってるよ、幸朗』

『本名で呼ぶなぁ……。あ、フミヤ先輩がパフェの名前を忘れても僕が教えますから、安心してくださいね』

『その節は大変お世話になりました』

放課後の教室で、僕は昨日のラインのやりとりを見つめ、「ふふっ」と勝手に口から笑みがこぼれてしまった。最近はちょっとした冗談も言い合えるようになり、心の距離も少しだけ近づいたような気がする。

僕のにやついた顔を見たモモが、「幸せそうだねぇ、さっちゃん」とからかってくる。

「まぁまぁかな。今はゆっくりお互いを知っていくところだから」

だらしない顔を急いで戻し、僕はキリッとしてつぶやいた。

フミヤ先輩がある日突然、君と連絡するのはこれきりにしたいと言うかもしれないし、逆に僕がそう言うかもしれない。でもなんだかんだ言っても、先輩とやりとりできるのは、やっぱり言葉にならないくらい嬉しい。

「さっちゃんに春が来たって、あさ子さんに報告しよっと」

「気が早いって」

「なんでいいじゃん、うちは嬉しいんだから」

モモは椅子から立ち上がると、スマホの時計を見やった。

「そろそろ行かなきゃ」

まるで外国のお土産のお菓子みたいに、甘々な顔でモモが笑う。

「あさ子さんと楽しんできてね、デート」

「りょうかい。てか、はやくフミヤ先輩も一緒に、四人でWデートしたいね」

「だから、気が早すぎだって……。いいから、もう行きな！」

僕はまんざらでもない顔をして、犬でも追い払うようにシッシッと右手でジェスチャーした。軽やかな笑い声と、タータンチェックの短いスカートが、ひらひらと揺れながら遠ざかっていく。

フミヤ先輩は夕方からバイトだって言ってたっけ。あとでまたカフェに遊びに行こうかな。そんなことを考えてご機嫌に廊下を歩いていると、突然、声をかけられて身震いした。

いた。

「……さっちゃん？」

振り向いた先には、見た目にまったく気をつかってなさそうな男子高校生がいた。

「あ、ほんとにさっちゃんだ」

上履きの色から察するに、学年は二つ上だ。長身でスタイルはいいけど、伸びたくせっ毛はぼさぼさで、長すぎる前髪のせいで瞳は見えず、制服もシャツのボタンを上から二つも外していてだらしない。ネクタイだって、かろうじて結ばれているようなルーズさだ。

思わず顔をしかめそうになるのを抑え、こんな知り合いがいただろうかとしばらく逡巡した。いや、どう考えても知り合いなわけがない。僕は見た目に気をつかわない人間が一番苦手なのだ。

「やっぱ同じ高校だったんだ。制服似てると思った」

そう言って近づいてくる彼に、警戒心が強い猫のような鋭い視線を返す。

「昨日聞こうと思って忘れてたわ。でも、よかったね、さっちゃん。カフェ以外でも会えるから」

彼は制服のズボンのポケットに両手を突っ込んで、やけに親しげに話しかけてくる。僕は死んだ魚のような目をして、曖昧に流そうとした。——でも、なぜか彼の声が、どこか聞き覚えがあることに気づいた。

それに……ほんのかすかに漂う爽やかで甘いムスクみたいな香水の香りも。

——でも、よかったね、さっちゃん。カフェ以外でも会えるから。

僕はまるで雷に打たれたように、点と点が繋がるのを感じた。

「カフェって……も、もしかして……」

急いで彼のそばに行き、恐る恐る乱れたもじゃもじゃの前髪をかき分けてみる。すると、そこには——。

「フ、フミヤ先輩⁉」

「あれ、もしかして気づいてなかった?」

けらけらと笑った彼の顔は、あのフミヤ先輩に間違いなかった。けれど、カフェでビシッと髪を結わき、黒いエプロンをつけてキビキビと働く店員の姿と、

今のだらしない男子高校生の姿とでは、まるで月とすっぽんで同じ人物とは思えない。

僕にとってフミヤ先輩と一緒の高校なのはとてもラッキーだけれど、もじゃもじゃのこの人と一緒なのは全然ラッキーじゃなかった。

ほかの生徒たちが、なんだなんだと僕たちの様子を窺(うかが)っていた。廊下のど真ん中で話すことじゃないと悟った僕は、困惑しながらもフミヤ先輩の腕を引っ張って、人目につかない非常階段のほうへと向かった。

「先輩、なんでですか⁉　ど、どうしてこんな無惨な姿に……⁉」

「無惨て」

フミヤ先輩はもじゃもじゃの前髪の奥で、困ったように目を細めながら言う。

「どっちかっつうと、こっちのほうが素なんだけど……。バイト先のはオンモードっていうか、戦闘モードっていうか」

「学校でもオンになってくださいよ！」

「えー、でも……金、出ねぇしな」

「僕が出しますから！」

「ははっ。ほんとおもしれぇね、さっちゃん。愉快愉快」

フミヤ先輩は、ことの重大さがわかっていない。あんなにもすごいポテンシャルを持っているのに、学校ではお金が出ないという非常に不憫な理由で、イケメンで居続ける努力を怠っているのだ。

「愉快愉快じゃないですよ！　ほんとになんなんですかこの頭！　せっかくのきれいな先輩の目が、全然見えないじゃないですかぁ！」

「さっちゃん、俺の目褒めてくれんの？　うれしー」

「……そ、そうじゃなくて！　髪型の話ですよ、髪型の！」

「だって、朝、髪整えんのめんどくさいし……。バイトの時だけでいっかなって」

ね？と、悪びれもせず同意を求められて、体中の力がどっと抜けていく。

「燃費悪いから、できれば省エネで生きたいんだよね」

燃費……？　省エネ……？

僕はわなわなと震え、フミヤ先輩に詰め寄った。

「僕は毎朝スタイリングしてます！　髪もアイロンかけてますし、朝パックもします！　化粧水も乳液も美容液もクリームも塗りますし、日焼け対策も、ファンデも、マスカラもリップも、えーとそれから……！」

日々、かわいいを作り出すための努力を息切れしながら力説する。おそらく並の男の子だったら気分を害したはずだけれど、さすがのフミヤ先輩は悠々（ゆうゆう）としていた。

「すげぇえらいじゃん、さっちゃん」

そうやって感心されても内心は複雑だ。

「……僕のがんばりに対して、その言葉だけじゃちょっと足りないと思います」

フミヤ先輩はおもしろがるように、にっと口角を上げる。

「足りないかぁ。俺、何すればいい？」

「この前みたいに頭を撫（な）でてもらうとか……」

「こう？」

別に意地悪を言いたかっただけで、本当に撫でてもらいたかったわけじゃない。なのに、フミヤ先輩の長い指に触れられたら、気持ちがよくてすべてがどうでもよくなってしまった。

「よしよし、さっちゃん。がんばっててえらいね」

先輩の手からマイナスイオンでも出ているのか、それとも僕の前世が気まぐれな猫だったのか。先輩の指が僕の髪に触れるたび、抵抗する力が奪われていく。

「僕、ほんとに毎日がんばってます……」

飼い主にすり寄る猫のように、僕はにゃあにゃあと鳴いた。

「うん。さっちゃんは、一生懸命でとってもかわいいよ」

今の言葉がイケメンカフェ店員のフミヤ先輩からだったら、鼻血が出るくらい興奮してしまったかもしれない。あのカフェで働く先輩の姿を思い浮かべただけで、胸がキュンとなり、頬が熱くなる。完璧な笑顔、洗練された立ち振る舞い、そのすべてが僕の心を掴んで離さない。

でも、目の前にいる彼は、

「先輩は、もじゃもじゃ……ですね」

カフェにいる彼とは違う。もじゃもじゃの髪、だらりとリラックスした表情。カフェのギャルソン風ではなく、ラフでだらしない省エネ系男子高校生の制服姿。

「おーありがと」

「全然褒めてないです」

「こら一年生、そういうこと言わない」

気だるげに目を細めたフミヤ先輩は、生意気な僕の発言にもまったく気にしている素振(そぶ)りを見せなかった。僕の髪の毛に指先を絡めて、感心したようにつぶやく。

「髪、さらさらじゃん。あとすげぇキラキラ。前から思ってたけど、この銀髪いいよね。ブリーチした？」

「……しました」

撫でられて、褒められて、笑顔を向けられて、気がつけば、うっとりと目を閉じていた。喉から漏れる甘い声。自分でも信じられないほど先輩に身を委ねている。

どれだけそうされていたのか、

「はい、おしまい」

先輩の声で現実に引き戻された。ゆっくりと瞳を開く。声はいつものフミヤ先輩の声だけど、いつもと違うもじゃもじゃの髪の先輩。カフェでの完璧な姿とのギャップに、まだ戸惑いを感じる。それでも——。

「僕も……先輩のもじゃもじゃ、触ってもいいですか?」

「んー、ほかの人なら嫌だけど、さっちゃんならいいかぁ」

そういうことを淡々と述べるのはとてもずるい。そう心の中で思ったつもりだったけれど、どうやら実際に口に出していたようで、フミヤ先輩は「え、だめ?」と飄々と笑っている。

「こっち来て触ってよ、さっちゃん」

躊躇いながらも、先輩のあとに続いて階段を上る。大袈裟だけれど、僕には一歩一歩が、未知の領域に踏み込むような緊張感に満ちていた。

先輩に連れられ、階段の三段目に腰を下ろす。隣に座る先輩の長い脚が、僕の視界の端で存在感を放っていた。ふたりの距離の近さに、悔しいくらい呼吸が乱れてしまう。

突然、先輩の大きな手が僕の右手を包み込んだ。伝わる温もりに、一瞬時が止まったかのような錯覚を覚えた。そして、その手に導かれるまま、フミヤ先輩の髪に触れた瞬間、思わず息を呑む。

「や、柔らか……」

予想をはるかに超える柔らかさだった。ふわふわの髪の中を探るように、ゆっくりと指先を動かす。

「なんか犬になった気分」

指を動かすたび、まるで先輩に心を許してもらっているような気がして、胸の奥がキュンと軋む。

ワックスでキメた時のクールな印象も素敵だけど、シフォンケーキのようなふわふわ感も悪くない……気がする。もちろん、比べようもないくらい僕の一番は、イケメンのフミヤ先輩だ。

「さっちゃんの手きもちー。……眠くなってきたわ」

先輩は度重なるバイトと学業の両立で、ひどく疲れているのかもしれない。省エネを目指すフミヤ先輩のまぶたが、だんだんと重くなっていく。

「いいですよ。……僕の膝で寝ても」

自分の声が少し震えているのを感じた。心臓が早鐘を打っている。僕は先輩の髪に触れていないほうの手で、ためらいがちに膝をポンポンと叩いた。この小さな仕草が、彼にとってどれほどの意味を持つのか、自分でもよくわかっていない。

「ほんとに？」

先輩の声には、いつもの冗談めかした雰囲気が混ざっている。でも、とろんとした瞳の奥に、僕は何か別のものを見た気がした。期待？　不安？　それともまったく違う何か。

「ほかの人は嫌だけど、先輩ならいいです」

僕はさっきのお返しとばかりに、わざとらしく瞳を潤ませて先輩をじっと見つめる。冗談っぽい仕草で誤魔化（ごまか）したのは、ふたりの繋がった視線に言葉以上のメッセージが込められているかもしれないと考え、少しだけ怖くなったからだ。

「あざといな」

先輩の軽やかな笑い声が、緊張した空気を柔らかく溶かす。

「じゃあお言葉に甘えまして」

彼はゆっくりと僕の膝に頭を乗せた。その動作の慎重さに、フミヤ先輩の優しさと気づかいを感じる。

どうしてこんなことになったんだっけ。僕は先輩の髪を撫でながら、不思議な気持ちに包まれていた。ほんの少し前までは、こんな展開になるとは夢にも思わなかった。でも今は、ちょっとだけこの瞬間を楽しんでいる自分がいる。

先輩の規則正しい寝息を聞きながら、ふわふわと風船みたいに漂っている自分の気持ちを掴もうとしていた。

やっぱりよくわからない。

たしかなのは、この瞬間が特別だということ。そして、これからのふたりの関係が、少しずつ、でも確実に変わっていくだろうということ。甘くて切ない予感に、僕は期待と不安を抱きながら、もう一度彼のもじゃもじゃな髪に手を差し入れた。

十分間くらい、先輩は僕の膝で静かに眠っていた。その間、僕は先輩の寝顔を見つめたり、彼の髪を撫でたりしていた。カフェ店員をやっている時には、絶対に見せない脱力した無防備な表情。今、僕だけが見ているその姿に、ちょっとした優越感を持ってしまったのは、誰にも言えない秘密だ。

　ふたりで学校を出る頃には、外の景色が変わっていた。小雨が降り始め、まるで世界がぼんやりとした霞の中に包まれているみたいだった。

「あ、降ってんね」

「……ほんとですね」

「もしかしてさっちゃん、傘持ってない？」

「持っ、……てないです」

　先輩の言葉に、一瞬ためらった。本当は鞄の中に折りたたみ傘があることを正直に言うべきだとわかっていたけれど、先輩との時間をもっと共有したいという気持ちが、正直さを上回ってしまう。フミヤ先輩に知られたら、またきっと「あざとい」と言われてしまうだろう。

「よかったらこれ使って。膝貸してもらったお礼」

　三年生専用の傘立てから二本の傘を持って戻ってきた先輩が、ありきたりな透明の傘ではない、ピンク色の愛らしいほうの傘を僕に差し出す。

「昔、妹が買ったやつだから、すげぇハート描いてあるけど。嫌だったら、俺が使うから」

以前たまたま使って、それ以来傘立ての隅に忘れ去られていたらしい。このハートの傘で登校したフミヤ先輩を想像すると、自然と頬が緩んでしまった。

「ははっ、フミヤ先輩がハートの傘」

「笑ってんなよ、一年」

「先輩には似合いませんけど、きっと僕なら似合いますよ」

「どうだろうね。俺を超えられるかな、さっちゃん」

下駄箱で上履きを履き替え、貸してもらった傘を差して、水溜まりをひょいと跳び越えた。湿気で髪の毛が爆発するから雨の日は大っ嫌いだったけれど、なんだか今日はすべてが許せるような気がする。

「あっさり超えられたな。やっぱ似合うわ、さっちゃんのほうが」

「でしょう?」

自分で言うのもなんだけど、僕の圧勝だ。ハートの傘の柄(え)を持ち、くるくると回す。

「竹内幸朗家ってどっち方面？　のぼり？　くだり？」

「くだりの八駅先です。ていうか、そこの三年、本名で呼ばないでください」

ぶつぶつと文句を言っていると、先輩はもじゃもじゃの髪の奥で目を丸くした。

「なんだ、方向一緒じゃん」

フミヤ先輩のバイト先は学校から三駅先。フミヤ先輩の家は同じ路線で、僕が降りる駅より三つほど前の駅周辺に住んでいるらしかった。

乗る電車は一緒なのにどうして今まで会わなかったかというと、フミヤ先輩が省エネ系男子高校生だからだ。毎朝、ギリギリ学校に間に合う一番遅い電車に乗っていると聞き、僕は呆れてしまった。そういう僕は、もちろん余裕を持って地下鉄に乗っている。

「俺、これからバイトだけど、さっちゃん、一緒にカフェ来る？」

雨の湿気で髪の毛が爆発しているフミヤ先輩を、ちらりと見つめる。僕はこみ上げる笑顔を押し殺し、少しだけ迷うフリをしてから、彼の誘いにこくりとうなずいた。

地下鉄の車内は、高校生やサラリーマン、買い物帰りの親子連れでそこそこ賑わっていた。車両の端っこの空いている席にふたり並んで座る。いつもカフェでしか会わない先輩と一緒に電車に乗るのは、とても新鮮だった。

フミヤ先輩は、また省エネモードに入っているのか、それとも眠くなってしまったのか、とても静かだ。けれど、その沈黙が気詰まりに感じられないのは、先輩の持つ独特な雰囲気のせいかもしれない。先輩は本当に不思議な人だ。

「さっちゃんはメイクが好きなの？」

突然の問いかけに、少しだけ驚いた。とろんとした眠そうな目で穏やかに見つめてくる先輩の視線が、僕からゆっくりと鞄に向けられている。さっき買うのを付き合ってもらったメイク雑誌のことを言っているのだと気づき、僕はこくりとうなずいた。

「好きです。いつか仕事にしたいなって思ってます」

僕は手持ち無沙汰(ぶさた)につま先を揃えながら、先輩のほうを見上げた。

「小さい頃から、ヴァイオリンもピアノも水泳もそろばんも体操も、習い事はぜんぶ続かなかったんです。だけど、メイクへの興味だけはずっとあって……」

正確に言えば、一度だけその興味も手放してしまった時期があった。でも、あえて僕はそのことには触れず、言葉を続けた。

「ママに借りて、口紅塗ったりしてました。塗り方がへたくそだったんで、血だらけのおばけみたいになりましたけど」

思い出話をする僕の顔を見つめ、先輩は破顔(はがん)する。

「そっか。それはかわいいな」

「……先輩って、かわいいの範囲が広すぎません？」

「そう？」

先ほど頭を撫でられながら言われた言葉が、脳裏に浮かぶ。

――さっちゃんは、一生懸命でとってもかわいいよ。

もしかしたら誰にでもかわいいと言っているのかもしれない。

「じゃあ、あの女の子は？」

僕は、斜め前に母親と座っている三歳くらいの女の子に目線を合わせた。小さなくまのぬいぐるみを大事そうに抱えている彼女を眺め、先輩は微笑ましそうに瞳を細める。

「かわいいね」

「じゃあ、あの子が持ってるくまのぬいぐるみは？」

くすくすと肩を揺らして先輩が笑う。

「かわいいよ」

「あっちに座ってるサラリーマンのおじさん……」

「えー、なんかかわいいような気がしてきた」

「もう先輩！」

冗談か本気かわからない先輩の肩を押す。その瞬間、先輩が僕の手を優しく握った。

「でも、さっちゃんが一番かわいいよ」

先輩の言葉に、僕の頬が熱くなる。周りの人目を気にしながらも、僕は先輩の手を振りほどくことができなかった。

それから数秒後、先輩は自然な仕草で僕から手を離した。少しだけ残念に思ってしまったのを顔に出さないようにする。

「もっと教えてよ、さっちゃんの小さい頃の話。小学生の頃とか」

「……え」

不安を警告するように、一瞬痛いくらいの動悸が心臓を打った。

小学生の時の僕。

好きなものを呆気なく手放してしまったあの頃の僕。

殻の中に閉じ込もっていた暗い日々を思い出しそうになり、僕は無理やり口角を上げた。

「べ、別に……どこにでもいる普通の子どもですよ」

本当のことを言えずにいる自分を情けなく思う。先輩は僕の雰囲気を察したのか、それ以上聞いてくることはなかった。

次の駅のアナウンスが流れ、地下鉄がホームに滑り込むように止まる。まだ僕らが降りる駅ではなかったので、何気なく出口を見た。その時、

「くましゃん！」

まるで悲鳴のような女の子の声が聞こえた。先ほどの親子連れがホームに降りる瞬間、女の子がくまのぬいぐるみを落としてしまったようだ。くまのぬいぐるみを取ろうとして、女の子が慌てて車内に戻ろうとする。

「だ、だめよ！　あぶないっ！」

女の子の母親が、咄嗟に彼女を抱きかかえた。駅のアナウンスが、

――ドアが閉まります。

と、冷たく警告する。幼い女の子は車内に残されたくまのぬいぐるみがよっぽど大事だったらしく、目には大粒の涙を浮かべていた。

僕を含めて、おそらく電車に乗っている誰もが諦めていた。たったひとりフ

ミヤ先輩を除いて。

ドアが閉まりかけた一瞬、フミヤ先輩は素早く立ち上がると、くまのぬいぐるみを持ち上げ、女の子に向けて優しく放り投げた。ぬいぐるみが美しい弧を描く。女の子は「あ！」と声を上げ、両手を広げてしっかりとくまのぬいぐるみをキャッチした。プシューと音が鳴り響き、扉が閉まるとともに電車がゆっくりと動き出す。

「おにいちゃん、ありがとうっ！」

声は聞こえなかったけれど、幼い彼女の満面の笑顔を見れば、そう言っているのが手に取るようにわかった。

フミヤ先輩は扉の向こう側に、手を振り続けていた。ホームにいる女の子の姿が見えなくなるまで優しく見守る姿に、僕は胸が熱くなるのを感じる。電車が徐々に加速し、駅のホームが遠ざかっていく。

僕の隣に戻ってきた先輩は、少し息を弾ませながらつぶやいた。

「……今のはガチで焦った」

僕は隣の席に腰を下ろす先輩の姿を見つめていた。ついさっきまで省エネモードだった先輩が、誰かのためならためらわずに行動できる。深い感銘を受けると同時に、自分にはできない行動だと痛感した。

車内の雰囲気が一変したのが伝わってくる。先ほどまで無関心だった乗客たちが、フミヤ先輩の咄嗟の行動を見て、どこか興奮気味にささやき合っている。

「あの女の子よかったね」

「てか、ぎりぎりだったね、あの高校生すごくない？　かっこよかった」

まるでヒーローを見るみたいに、みんながフミヤ先輩に羨望のまなざしを送っていた。その中心にいる先輩はといえば、まったく何も気にせず、いつも通り淡々と過ごしている。

「す、すごかったですね、フミヤ先輩……」

僕は先輩にそう告げると、だんだんと笑いが堪えられなくなっていった。すごいものを見たという興奮が、笑いという形で溢れ出す。

「笑いすぎだって、さっちゃん」

少し動いて熱くなったのか、先輩は長い前髪を片手でかき上げた。整った瞳が一瞬露わになり、そしてすぐにまた前髪に隠れてしまう。何気ないその仕草に、僕の心臓が小さく跳ねる。

「……だって、めちゃくちゃ素早かった。そんなに速く動けるの、忍者か、フミヤ先輩くらいですって」

「ほんと？　カフェじゃなくて、忍者の面接受ければよかったかな」

フミヤ先輩が真面目な顔で言うから、僕はますます笑いを抑えられなくなる。

「女の子、言ってましたよ。『もじゃもじゃニキ、ありがとう』って」

「もじゃもじゃニキは言ってねえだろ」

先輩のツッコミに、僕はもう声を殺して笑うしかなかった。こんなにも電車がいつまでも駅に着かないでほしいと思うのは初めてだ。

「さっちゃんがいると、やる気が倍増するわ」

先輩はカフェの軒下に着くと、濡れた傘を閉じながらそう言って笑った。誘われるがままカフェに着いてきたものの、僕はまだこのもじゃもじゃなフミヤ先輩が、本当にあのイケメン店員と同一人物なのか、半信半疑でいた。

僕に手を振り、裏口の扉からカフェに入っていった先輩。僕は少しだけ迷ったあと、意を決して店内へと足を踏み入れた。いつも座っている奥のテーブルに陣取り、じっと先輩が現れるのを待つ。

窓ガラスを伝う雨粒が、外の景色をぼんやりと歪めていた。しばらくしてカウンターの向こうに現れたフミヤ先輩は、普段どおり白いシャツの袖をきっちりと折り返し、黒いエプロンを身にまとっていた。けれど、髪はまだもじゃもじゃのままだ。僕がだんだん不安になってきた矢先、先輩はおもむろに手首に付けていたゴムで髪を縛り始めた。手ぐしでハーフアップに整えられた髪、まさに戦闘モードのような凜々しいまなざし。心臓がドクドクと早鐘を打つ。

やっぱり同一人物なんだ……。

「さっちゃん、これ俺のおごり。アプリ見たら、あと二十分くらいで、雨弱まるってさ」

僕が驚いている間に、先輩はアイスティーをいれてくれたようだ。慌てて礼を言うと、先輩はかすかに口角を上げ、スマートな仕草で業務へと戻っていく。

アイスティーをストローでかき混ぜると、カランとかわいい音が漏れた。カフェはいつ来ても穏やかで、とても居心地がいい。僕はおいしいアイスティーを飲みながら、ずっと先輩の姿を目で追っていた。

「いらっしゃいませ、何名様ですか？」

落ち着いた態度と洗練された動き。先輩が働く姿は、やっぱり文句なしにかっこよかった。

今日は、先輩の新しい一面をたくさん見られた気がする。

もっともっとフミヤ先輩のことを知りたい。そんな衝動が僕の中で大きくなっているのを、自分でもどうしようもないくらいに感じていた。

3　フミヤ先輩とおうちデート

土曜日のよく晴れた朝、僕はフミヤ先輩の家の前に立っていた。

少し、いやだいぶ胸がバクバクしている。手のひらに汗が滲(にじ)み、インターホンを押そうとした指が、わずかに震えていた。

もじゃもじゃか、イケメンか。

そんな思いが、頭の中を駆け巡る。できればイケメン姿のフミヤ先輩に出迎えてもらいたい。傲慢(ごうまん)な願望を持ちながら、僕はここに来るまでの経緯を思い返していた。


すべては先日の雨の日、先輩から借りたハートの傘から始まった。

その日の夜のこと。お風呂上がりの僕は、いつものルーティンでスキンケアに励んでいた。その時、突然スマホが鳴り始める。この時間にかけてくるのは、モモだけだ。

「もしもーし」

ろくに画面も見ずに通話ボタンをフリックし、パックを顔に貼り付ける。モモに話したいことがたくさんある。学校でもじゃもじゃのフミヤ先輩に会ったこと、先輩に膝枕をしたこと、そして電車で一緒に帰ってさらに心を掴まれてしまったこと、カフェで見た先輩の姿はやっぱりかっこよかったこと。怒涛のように起こった今日の出来事をモモに伝えようと、「ねえ、モモ聞いて」と口にしようとした瞬間。

『さっちゃん、こんばんは』

聞き慣れた低い声に、心臓が跳ね上がった。明らかにモモじゃない。

「フ、フミヤ先輩⁉」

驚きのあまり、声が裏返る。しかもビデオ通話だったようで、画面に先輩の姿が映っている。ハーフアップでもなく、もじゃもじゃでもなく、お風呂上がりなのか、濡れた髪がまっすぐに下りていた。

『あ、さっちゃん、パックしてる』

先輩の言葉に、急に恥ずかしさが込み上げてくる。普段見せない素の自分を、なんの防御もなく先輩に見られてしまった。

「せ、先輩、待ってください！　今、ビジュ悪すぎる……！　メイクするので、あと二時間だけください！」

『なげーよ』

先輩の屈託のない笑い声が、耳に心地よく響く。フミヤ先輩はスマホを持ち、ベッドに寝転がったようだった。画面越しに見える、無防備な先輩の表情。妙な親密さを感じて、胸がドキドキする。まるで同じベッドの上に乗っているみたいな錯覚を覚え、僕は慌てて言葉を発した。

「えっと、フミヤ先輩、ハートの傘、ありがとうございました。おかげさまで、僕の大事な髪と顔面を濡らさずに帰れました」

本当は鞄の中に折りたたみ傘があったけれど。

『あーそれそれ』

「え？　どれですか？」

『その傘なんだけど……』

何か言いたげな様子の先輩に、やけに緊張が高まる。

『さっちゃんさ、傘返しに俺んちこない？』

「……え？」

もちろん、傘は返しにいくつもりだったが……、フミヤ先輩の家？　まるで心臓が一拍分、止まったような気がした。

『妹たちに傘貸したって言ったら、会いたい会いたいってうるさくてさ。それに、さっちゃんとした約束のこともあるし、ぜひこの機会に俺のことを、知ってもらおうじゃないかと』

穏やかで優しい先輩の声を聞きながら、指切りをして交わしたあの言葉が頭の中でよみがえる。

――ゆっくりお互いを知っていきましょう。……ね、やくそく。

僕があんなにも突然にアプローチをして、フミヤ先輩もさぞ困惑したと思う。それでも先輩は、本当に誠実に僕と向き合おうとしてくれているのだ。泣きたくなるほど嬉しいのに、僕は心の奥底で小さな不安にも似た何かが芽吹いていくのを感じていた。

そして今、僕は先輩の家の前に立っている。インターホンを押そうとした瞬間、突然の自意識に襲われる。慌ててミラーを取り出し、こっそりと顔をチェックした。

髪は乱れていないか、肌の状態は大丈夫か、ヘアピンは曲がっていないか、服はしわくちゃになっていないか、イヤリングは取れていないか。先輩の前では完璧でありたい。そんな気持ちが胸いっぱいに広がる。

リップを少しだけ塗り直した。

大丈夫、今日も僕はかわいい。

よし、と覚悟を決めて顔を上げた瞬間、空から声が降ってきた。

「とってもかわいいよ、さっちゃん」

「なっ⁉」

驚きの声を上げると同時に、二階の窓から覗く先輩の姿が目に入る。ずっと見られていたらしく、イケメンバージョンのフミヤ先輩がこっちを見下ろし、楽しそうに笑っていた。

「いらっしゃい。場所、すぐわかった――」

「さっきの最低ですからね！」

玄関を開けてくれた先輩を見るなり、僕はグーパンチを繰り出した。けれど、僕の手は呆気なく、彼の大きな手にすっぽりとおさまってしまう。攻撃はもう意味をなさない。それどころか、フミヤ先輩の手の温もりに、僕のほうがノックアウトされそうだった。

「ごめんね。さっちゃんが家わかるかなって見てたんだけど、かわいくてつい」

先輩はワッフル素材の白いロンTに、シンプルなブラックのデニムパンツを合わせていた。ハーフアップにセットされた髪と、シルバーの小ぶりなピアス。先輩は自分に似合うものをちゃんと理解しているみたいだ。初めて見る私服姿はあまりに僕のドストライクで、胸が苦しくなってくる。

「……今日はオンモードなんですね」

「そう、午前中シフト入ってたから」

その言葉を聞いた瞬間、胸がちくりと痛んだ。バイト終わりだったから、イケメン姿のフミヤ先輩だったらしい。僕のためにおしゃれしてくれたわけではなさそうで、少しだけ残念に思う。それに比べて僕はといえば、いつもは自分のためだけにするオシャレだけれど、今日は特別に先輩のためもプラスして、上から下までオシャレをしてきた。意識しているのは僕だけですか、ふーんそうですか。ていうかちょっと拗ねましたけど、何か。

「傘、ありがとうございました。それと、お土産です」

頬を膨らませて、ぐいっと傘とお土産を差し出す。

「手ぶらでいいのに。なんなら別に傘もよかったし。……てか、今日の髪も似合ってんね。ちょっとウェーブ入ってる」

冗談めかして、先輩が僕の髪にそっと触れる。先輩の言うとおり、せっせとヘアーアイロンで、髪をウェーブ巻きにしてきた。気づいてくれたのは嬉しいけれど、こんなにも張り切っている僕に対し、フミヤ先輩は悲しいくらい自然体だった。しかも、僕のスタイリングが崩れないよう、優しく髪に触れてくる仕草に、胸が勝手にときめいてしまって内心はとても複雑だ。

「お土産、何買ってくれたの？」

「トゥンカロンです。妹さんがいらっしゃるって言ってたから、映える系がいいかなと思って」

「ああ、トゥンカロン！　韓国のやつだよね？　あいつらめっちゃ好きだから、喜ぶよ」

さすがカフェ店員のフミヤ先輩だ。トゥンカロンは先輩の言うように韓国発祥の進化系マカロンで、マカロンよりもボリュームがあり、動物型だったり花型だったり、見た目のレパートリーも多くてとてもかわいい。

「……あ、立ち話もなんですし、上がって上がって」

「お邪魔しまーす」

靴を揃え、用意してもらったスリッパに履き替えた。先輩のあとを追ってリビングに足を踏み入れると、自分の家の匂いとは違う、どこか懐かしい匂いがした。リビングは僕の家よりこぢんまりとしているけれど、暖かな雰囲気に包まれている。大きな窓から差し込む陽光が、部屋全体を明るく照らしていた。フミヤ先輩みたいに優しい家だ。

失礼にならないよう気をつけながら、でも好奇心を抑えきれず、僕は部屋を見回した。テレビとソファ。タンスの上にはかわいいヘアゴムが入った透明な容器。

「そういえば、妹さんたちは？」

「今、部活。演劇やってんだけど、あと三十分くらいで帰ってくると思う。ガチでうるせぇから、覚悟してね、さっちゃん」

フミヤ先輩によく似た『うるさい女の子バージョン』を思い浮かべ、僕はこらえきれず、ふふっとのんきに笑っていた。次の瞬間、先輩が僕の心を揺さぶるような発言をするまでは——。

「さっちゃん、あいつら帰ってくるまで、フミヤ先輩のルームツアーでもする？」

好奇心には抗（あらが）えず、僕は『フミヤ先輩のルームツアー』を開催してもらうことにした。

二階の角部屋。フミヤ先輩の部屋に初めて入った時の率直な感想は、『フミヤ先輩の匂いがする』だった。先輩がいつもしているブランド物の香水の香りを、肺いっぱいに吸い込む。

「なんも楽しいのないけど」

壁は落ち着いたグレーで塗られ、モダンな雰囲気を醸し出していた。初めて遊びに来た先輩の部屋だけれど、それほど初めてな気がしないのは、以前、ビデオ通話で見たことがあったからだ。

本棚には、ラテアートの本、それからファッション誌と小説が並んでいる。その中に僕も読んだことがある小説を見つけて、とても嬉しくなった。部屋の隅には、スタイリッシュなハンガーラックが置かれ、先輩のオシャレな私服がかけられている。

「すごくいいと思います、先輩の部屋。清潔感があって、いい匂い。あ！　ベッドも大きいですね！」

先輩の体が悠々入るくらい、大きくて居心地が良さそうだ。シンプルなグレーのベッドカバーが、部屋全体の雰囲気と見事に調和している。僕はベッドに座り、ご機嫌に先輩を見上げた。

「おー、うれしい。さっちゃんに褒められるとマジでうれしいわ」

先輩は本当に嬉しそうに目を細め、僕の隣に座る。その距離の近さに、少しだけ心臓が高鳴った。

「あれ？　さっちゃん、ピアスの穴開いてたっけ？　似合うね」

先輩の視線が耳に注がれる。突然、僕はどう振る舞っていいかわからなくなってしまった。

「……ピアスじゃなくて、イヤリングです。穴は怖いから、開けたことなくて」

今は言葉を絞り出すので精一杯だ。

「そっか、痛いもんね。いいよ、さっちゃんは開けなくて」

何を考えているのか、先輩は静かに僕の耳に手を伸ばした。鮮やかなネオンカラーのイヤリングに触れつつ、僕のことを切れ長の目で射抜く。

ふたりの視線が絡まる。心臓が熱い。今、先輩と僕は、先輩の部屋にいて、ベッドの上で、ふたりきり……。

先輩は僕が醸し出す雰囲気を何かしら察したのか、ぱっと手を離し、ベッドから降りて距離をとった。その動きに、少しの寂しさと安堵が入り混じる。

「ごめん。あんま深く考えてなかったけど、誰もいない部屋でふたりきりは嫌だったよな……」

「そ、そんなことないです」

心の内を見透かされたような気がして、恥ずかしさでひどくバツが悪い。

「ほんとになんもする気ないから、安心して。怖がらせてごめんね、さっちゃん」

先輩の気づかいに、胸が締め付けられる。先輩が謝る必要なんて、これっぽっちもない。

「僕は嫌だったら嫌って言います。それに、空気に流される人間でもないので、気にしないでください」

「だよね、うん」

「……だけど、なんもする気ないって言われるのは、それはそれで嫌です」

まるで子どもの駄々っ子だ。先輩は目を丸くすると、そのあと「ははっ」と噴き出しておかしそうに肩を揺らす。

「なんもする気ないけど、する時はするよ。でも、今はしない」

先輩は笑っていたけれど、その目にはとても真剣な光が宿っていたように思えた。期待にも緊張にも似た何かが湧き起こる。先輩の真意をもっと探りたい気持ちと、まだこのままの関係を大切にしたい気持ちが交錯していた。

「僕は――」

その時、

「さっちゃん、来てますかー！」

妹さんたちの声ではっと我に返った。先輩は声のほうを振り返りながら、やけに力の抜けた声を発する。

「……あ、うるせぇのが帰ってきた」

「おにいから聞いてはいたけど、さっちゃんってめっちゃかわいいですね！」

「髪がいい色～！　ほんとに似合ってる！」

「イヤリングもかわいいし、服もかわいい。え、どこで服買ってます？」

「てか、爪もかわいい～！　肌も……うっわ、これが無加工？」

「ドラコス使ってますか、やっぱりデパコス？」

「てか、おにいうざくないですか？　うざかったら、うちらぶん殴るんで言ってくださいね」

「さっちゃん、泊まっていきません？　うちの服サイズ合うかな？」

「てか、うちらの見分けついてます？」

「うちがユキナで、右目の下にほくろがあって髪が長いほう」

「で、ホクロがなくて、髪が短いほうがカンナでーす！」

怒濤の勢いで話しかけられ、目を回した。ふたりとも顔も体型も話し方もよく似ている。ユキナちゃんは栗色のミディアムヘアで、カンナちゃんはユキナちゃんより明るい髪色のボブヘアだ。彼女たちはあまりフミヤ先輩には似ておらず、ぱっちりとした大きな目をしていた。

フミヤ先輩は〝さっき警告したぞ〟という顔でニヤついていて、僕は想像以上に元気なふたりを柄にもなく苦笑いで見つめている。モモがこの場面を見たら、手を叩きながら笑い転げるに違いない。「借りてきた猫みたい～！」そんな言葉とともに。

「お前ら、さっちゃんを困らすな」

いつの間に作ってくれたのか、フミヤ先輩は僕の前にマグカップに入った紅茶と、僕が買ってきたトゥンカロンをお皿に載せて差し出してくれた。大きなマグカップには、人生で一度も見たことのないマイナーな猫のキャラクターが描かれている。普段は感じられないフミヤ先輩の生活感に触れられた気がして、自然と口角が上がってしまった。

「ありがとうございます、先輩」

「紅茶熱いから、フーフーして、さっちゃん」

まるで子どもに言うみたいな先輩の言い方。僕が目だけでからかうような視線を送ると、先輩はなんのことかわからないというように肩をすくめてみせる。

「……キモ、フーフーしてって。おにい、それはない」

「おにいは、自分のキモさよりも、さっちゃんが火傷しないことを選んだんだよ？　君たちにわかるかな？」

「ねー待って！　もっとキモいんだけどぉ！　駆逐してぇ～～！」

目の前で繰り広げられる妹たちと兄の会話に、僕はもう我慢できなくて、声を出して笑ってしまった。

息もできないくらい笑っている間、妹さんたちは僕の顔をじいっと見つめて、と、双子らしく同時につぶやく。

「さっちゃん笑うと、さらにレベチじゃん……」

先輩はどこか誇らしげな顔で「だろ」と相好を崩していた。

「うん……うん……。大丈夫、ごちそうになってくる。うん……うん……お礼はちゃんと言う……。帰る時ラインするから……じゃあね、はーい」

こそこそとママとの通話を切り、振り向いてみんなにＯＫのサインをする。

フミヤ先輩は優しく微笑み、ユキナちゃんとカンナちゃんは、まるで花が咲いたみたいにぱっと嬉しそうに笑った。

――まだ帰さないよ、さっちゃん。たこ焼きパーティーするからさ。夕飯食べていきなよ。

帰り支度をしていたら、フミヤ先輩に言われた言葉。急なお誘いだったけれど、全然重さは感じず、まるでポップコーンみたいに僕の心にふんわりと柔らかに降り積もった。やっぱり先輩はとっても不思議な人だ。ほかの人に言われたら受け入れられない言葉も、先輩からなら許せてしまう。

フミヤ先輩はエプロンをすると、とても手際よくたこ焼きパーティーの準備に取りかかった。省エネ系男子高校生はどこへやら、まるで仕事をしている時みたいだ。

イケメンバージョンの先輩は、本当に絵になって困る。テキパキと働く彼をうっとりと見つめつつ、僕は気になっていたことを尋ねた。

「そういえば親御(おやご)さんは？」

夜の七時を過ぎたけど、彼らのお父さんもお母さんも帰ってくる気配がない。

「あー、親ね。えーと、俺の父親は天国。で、そっちの妹たちの父親は日本のどこか。母さんは入院してる」

「……へー、って、え⁉」

言葉の意味が理解できなくて、大きなリアクションで聞き返してしまった。

フミヤ先輩はカウンターキッチンで、何事もないかのように手際よくキャベツを切っている。

「おにい、いっぺんに情報提供しすぎ」

と、ユキナちゃん。

「詐欺師(さぎし)でも、もっと段階踏むから」

と、カンナちゃん。

「なんで。ややこしいから先に言っといたほうがいいだろ」

フミヤ先輩が言うには、先輩のお父さんは、彼が五歳の時に亡くなってしまったらしい。それから、四年後にお母さんが再婚して、妹さんたちが生まれた。そして数年後、離婚して新しいお父さんが家を出ていくことになり、今に至るらしい。

僕は何も言えなかった。フミヤ先輩の淡々とした語り口に、心がぎゅうぎゅうと締め付けられる。

「母さんが入院してんのは、自損事故で複雑骨折したんだよね。もう少しで退院だし、韓国ドラマめっちゃ見てるし、ぴんぴんしてるから心配いらないよ、さっちゃん」

フミヤ先輩は入院しているお母さんの代わりに、カンナちゃんたちのご飯や洗濯なども担当しているみたいだ。ちょっとずつ先輩のことを知った気でいたのに、実際はこの瞬間まで彼の苦労とか、生い立ちとか、なんにもわかってなかったのだ。フミヤ先輩の人生は、僕の想像をはるかに超える出来事の連続だ。

「……先輩、あの、僕も何か手伝います」

カウンターにいる先輩に少しずつ近づき、彼のつけているエプロンの裾を握る。先輩は振り向いて僕を見据え、意地悪く笑った。

「だめ。さっちゃんは、ソファで妹たちとゲームでもやってて」

「……でも」

「なんで？　俺の隣にいたい？」

思わせぶりに口角を上げる先輩。僕はそれが優しさからくる冗談だということに気づいていた。けれど、僕の悪い癖で、どうしても悔しい気持ちを抑えられなくなっていた。やられっぱなしは嫌だ。先輩とはいつも対等な関係でいたい。僕は先輩の左肩に両手をつき、精一杯背伸びをして吐息混じりにささやく。

「だってせんぱい……、料理してるところ、かっこいいから」

突然耳に息を吹きかけられて、ぞくりとしたのかもしれない。先輩は珍しく、少しだけ赤い顔で僕を見やった。

「……あざと」

呆れたような、困ったような彼のひとことに、ようやく留飲を下げる。

「あーあ、さっちゃんは困った子だ。フミヤ先輩のもっとかっこいいとこ見せちゃおうかな」

先輩はそう言うと、軽やかな手つきでエスプレッソマシンを操作し始めた。抽出（ちゅうしゅつ）されたエスプレッソの香ばしい匂いが、僕の鼻先まで届く。興味津々になって、先輩の動作を見守った。先輩は冷蔵庫から出した冷たい牛乳を銀のカップに入れ、蒸気が出ている機械をミルクにさして泡立（あわだ）てる。

「こうやってミルクをスチーミングしたら、エスプレッソの下にこのミルクを落とす。片方はミルクを注ぐ動き、もう片方はカップを戻す動き。この連動がすげぇ大事」

集中している先輩の声が静かに響く。僕は息を呑んで、先輩の手元に釘付けになった。カップを少しずつ傾けながら、ミルクピッチャーの先端をカップの縁（ふち）に近づける。そして、細い線を描くように、ゆっくりとミルクを注ぎ始めた。

エスプレッソの表面に、小さな白い円が現れる。先輩の手が少し高くなり、注ぐ速度を上げた。繊細な手の動きを見ているうち、あっという間にきれいなハートのラテアートが浮かび上がる。

「かわいい……！」

僕は思わず感嘆の声を上げた。以前、聞いた話では、『Cafe Miracle』のバイトが決まった時に、店長から練習用としてこのエスプレッソマシンをもらったらしい。先輩はそれ以上言及しなかったけれど、きっとこんな風に上手なラテアートができるようになるまで、たくさんの練習を重ねてきたに違いない。

「どう？　かっこよかった？」

僕が勝手に始めた先輩との勝負は、二対一で僕の負けだった。キュンキュンとときめく心臓を持て余し「……すごく、かっこよかったです」と唇を尖らせる。

「さっちゃん、なんでそんな悔しがってんの」

先輩がおかしそうに笑っていると、

「さっちゃーん、一緒にマリカやりましょー！」

ソファの前でゲームの準備をしていたカンナちゃんたちが、元気よく手をこまねいた。

「ほら、さっちゃんはカフェラテをゆっくり飲みながら、あっちでうるせぇ妹たちの相手して」

フミヤ先輩の言うとおり、ソファで妹さんたちとゲームをすること三十分。

結論、僕とユキナちゃんとカンナちゃんは、とても交流を深めた。なんなら話をしてすぐにラインのＩＤを交換し、グループラインまで作ってしまった。

「おにいって無気力じゃないですか？　だから今日とか、あんなに生き生きしてるのマジでビビる」

と、カンナちゃん。

「そうなの……？」

と、僕。

「そうですよ。バイトも学校もない時のおにいって『無』って感じだもん」

と、ユキナちゃん。

ゲーム機のコントローラーをかちかちと動かしながら、僕たちは内緒話をしていた。

フミヤ先輩を省エネ系高校生だと感じたことはあるけれど、無気力だとは感じたことがなかった。さっきだって、エスプレッソの苦みと、ミルクのまろやかな甘みが見事に融合(ゆうごう)した、おいしいカフェラテを僕に作ってくれた。僕が率直な感想を述べると、彼女たちは意味ありげに顔を見合わせ、

「それって、ねー?」

「ねー?」

まるでテレパシーを送るみたいに笑い合う。

「え、怖い。何? どういうこと? ……ああっ!」

動揺のあまりコースから落ちた僕に、「さっちゃんがんばれー!」と奇跡みたいに同じタイミングで彼女たちが叫ぶ。

「君たち、タコパ始めるよ」

ユキナちゃんたちの言葉の意味は気になっていたが、現金な僕は、フミヤ先輩に呼ばれたらすぐに忘れてしまった。

リビングに溢れる香ばしい匂いと賑やかな笑い声。僕たちの初めてのたこ焼

きパーティーは、想像以上に楽しい雰囲気に包まれていた。

「君らさぁ、俺が見てない間に、めっちゃ仲良くなってんじゃん」

「ごめんだけど、おにいより全然仲いい。ラインも交換したし」

「おい……会って数時間でそれは傷つくわ」

僕は彼らの冗談に笑って、炭酸ジュースを飲んだ。フミヤ先輩は華麗な手さばきで、たこ焼き機に油を塗ったり、生地を入れたりしている。

具材を入れた生地がだんだん固まってきたみたいだ。先輩はくっついた生地同士を格子状に切り取り、器用にひっくり返してゆく。

「すごいですね。とってもおいしそう……！」

「俺のほうの親父が関西出身でさ、よく作ってくれたんだよね。まぁもう死んでるし、顔もあんま覚えてねぇんだけど、これだけは体が覚えてんの。ウケるでしょ？」

「そうだったんですか……」

僕は小さくつぶやき、手持ち無沙汰にジュースを飲んだ。さっきまで平気だった炭酸ジュースが、なんだか小さな痛みを放ちながら喉を通りすぎていく。

ジュージューという音と香ばしい匂いが立ち込めている。先輩は集中しているのか、黙々（もくもく）と半分くらいたこ焼きを裏返したあとに言った。

「さっちゃんもやってみる？」

「……え、いいんですか？　やってみたいです！」

好奇心いっぱいで、たこ焼き器の前に立つ先輩の隣に並ぶ。彼の腕が僕の腕にかすかに触れた。その温もりに、僕はますます先輩のことを意識してしまう。先輩と出会ってから、こんなことの繰り返しだ。

「ほら、こうやって」

先輩が僕の手を取って、生地を裏返す。

「あー、おにい、さっちゃんにセクハラしてるー」

ユキナちゃんとカンナちゃんは、同じタイミングで声を上げた。

「言うなよ。さっちゃんが気づいちゃうだろ」

くるんと丸まったたこ焼き。熱い。湯気と、たこ焼きと、それに僕の顔も。

先輩の家を出ると、外はもう暗かった。星が瞬く静かな夜道を、先輩とふたりきりで歩く。

「たこ焼き、すごく、ほんとにすごーくおいしかったです」

言葉にしてみたものの、こんな陳腐な褒め言葉だけでは僕の気持ちを伝えるのには足りない気がした。先輩の優しさ、家族への愛情、そのすべてが詰まったたこ焼きだったのに。

「さっちゃんに楽しんでもらえて、俺はハッピーだよ」

「先輩って料理上手ですね。包丁さばきも、たこ焼き作ってるのも、とっても様になってましたし、……すごいです、ほんとに。僕はお菓子なら作れるけど、ご飯系は無理です」

「あー、マジで？　逆に俺はそういうちゃんと計るお菓子系は無理だわ。調味料は感覚でぶち込んで作ってるから」

「調味料感覚ニキ……」

「いや、なんそれ。てか今度、さっちゃんにお弁当作ってもいい？」

僕は先輩の横顔をちらりと見た。街灯に照らされた横顔が、いつも以上に大人びて見える。

「言いましたね？　絶対ですよ？」

思わずちょっとだけ大きな声になってしまった。興奮を隠せない自分が少し恥ずかしい。先輩は軽く笑って、「やくそくね」と僕の後頭部に触れた。さりげない自然な仕草で、先輩はいとも簡単に僕の心臓をドキドキさせてしまう。

もうすぐ駅に着く。

別れの時間が迫っている。そう思うと、今まで言えなかった言葉がようやく口をついて出た。

「……ごめんなさい、先輩」

先輩は不思議そうな顔で僕を見た。僕は深呼吸をして、心の中で思っていたことを、なんとか先輩に伝えようとする。

「この前の言葉、訂正させてください」

「……ん、訂正？」

「僕ががんばってるって言ったことです。……先輩のほうがよっぽどがんばってます。僕は自分のことしか考えてないし、先輩みたいに優しくもないんです。先輩のがんばりの足元にも及びません」

――僕、ほんとに毎日がんばってます……。

学校の非常階段で、彼に放った無神経な言葉。あの時の自分を力いっぱい殴ってやりたい。

おそらく自分には、人間として大切な何かが欠けているのだ。昔投げられた鋭利な言葉で、見た目だけ整えられて、いびつになってしまった僕の心のカタチ。

先輩は立ち止まり、真剣なまなざしで僕を見つめた。

「さっちゃん、ちゃんとがんばってるでしょ。俺は本気でえらいなって思ってるよ」

「でも……」

「謝んないでよ、さっちゃん。その分、かっこいいって言って。さっちゃんが言ってくれたら、もっとがんばれるよ、俺」

　言葉に詰まる僕を見て、先輩は優しく微笑んだ。僕は嬉しくて、悔しくて、唇を噛む。先輩の優しさと強さが、またひとつ僕の心に刻まれた。先輩は僕の言葉を求めてくれている。僕の存在を必要としてくれている。

「先輩は、かっこいいです。本当にかっこいい……私服姿も、ラテアートしてる時も、たこ焼きを作ってる時だって……ぜんぶ。……今日だって、先輩がかっこいいせいで、ずっとドキドキさせられてました、僕……」

　少しだけ頬を赤らめながら、僕は続けた。

「……でも、学校にいる時はもじゃもじゃです」

　照れ隠しの僕の言葉に、先輩はけらけらと笑ってつぶやく。

「ありがとね、さっちゃん」

4　フミヤ先輩とお弁当

　カフェの窓から太陽の光が差し込む、日曜日の午後。賑やかな話し声があちこちから聞こえてくる中、僕はテーブルに突っ伏して、人生で一度たりとも言うことはないだろうと思っていた台詞をぽつりとつぶやいた。

「先輩を好きになるのが怖い……」

「えっと、……どういう心理状態？」

　メニュー表を見ていたモモが、戸惑いがちに僕に尋ねる。

「だから、先輩を好きになるのが怖いんだよ！　……なんか、僕では足りない気がする」

　先輩が素敵すぎるのが悪いのだ。

　フミヤ先輩は本当に優しい。先輩はこの前、傲慢だった僕を責めなかった。

だけど、いくら計算してみても、僕が先輩にあげられるものはちっぽけなガラクタみたいなものだ。

「かっこいいなんて、誰でも言えるじゃん……！　だって実際に先輩はかっこいいんだもん……！」

今日は先輩がシフトに入っていない日だけれど、先輩と出会えたこのカフェがあまりに愛おしく、今日もモモを連れて僕は『Cafe Miracle』に来ていた。先輩がいないのはさみしい。でもその分、聞かれたらまずいような内緒話が堂々とできる。

「よし！　よくわかんないけど、今日はさっちゃんを元気づけるために、一日早いチートデーにしよ！　うちはこの新作パフェにする。シトラスのやつ」

モモに同意し、こくりとうなずいた。

「……僕も、『シトラスティーパフェ』がいい。フミヤ先輩がおすすめしてくれたやつ」

「おっけー。注文しよ。店員さん、すみませーん！」

気だるく机に突っ伏した僕がふと顔を上げた瞬間、

「はい、お客様。ご注文をどうぞ」

上品に瞳を細めた先輩が、突如として目の前に現れた。

「び、びっくりしたー……。フミヤ先輩、こんにちはー」

モモが愛想笑いを浮かべ、若干棒読みで先輩に挨拶をする。

シフトが入っていないはずじゃとか、どこから話を聞いていたのかとか、僕は口をぱくぱくさせるだけで何も言えなかった。さすがモモだ。そんな僕の様子をすぐさま察知して、さりげないコミュニケーション能力で場を盛り上げる。

「さっちゃんから噂は聞いてますけど、フミヤ先輩ってほんとに学校で、もじゃもじゃバージョンなんですか？　うち、まだ先輩と学校で会ったことないから、信じられなくてー」

「マジだよ、マジ。朝からもじゃもじゃにするために、三時間かけてスタイリングしてるから」

先輩は適当なことを言ってモモを笑わすと、いまだに何も言えない僕の顔を不思議そうに覗き込んできた。

「さっちゃん、どした？　具合悪い？」

「……ぜっ、全然、悪くないです。まったくもって、健康体です」

先輩は僕の言葉を信じていないのか、「んー」と首を傾げる。そして次の瞬間、周りの空気が一瞬で変わった気がした。フミヤ先輩の大きな手が、僕のおでこに触れたのだ。その動作ひとつだけで、僕は息の仕方さえ忘れそうになってしまう。

「熱はなし」

「……ほ、ほんとに元気です！」

まさかあなたのことで悩んでいますとは言えない。

「それならいいんだけど……」

先輩は少しだけほっとしたように眉尻を下げると、「注文はシトラスティーパフェふたつでいい？」と小さく首を傾げる。僕とモモは、大袈裟なくらい首を上下に振って答えた。

「かしこまりました」

　オンモードの先輩は、学校にいる時よりもさらに大人びている。まっすぐな立ち姿、落ち着いた声のトーン。オシャレでレトロかわいい、そんなカフェの雰囲気を壊すことなく、むしろその良さを最大限生かして溶け込んでいた。

「……て、ていうか、フミヤ先輩、今日シフト入ってないはずじゃ……」

「パートさんの子どもちゃんが体調崩しちゃったみたいで、休みになったんだよね。だから、急きょピンチヒッター」

「そ、そうだったんですか……」

　さっきはとても驚いたが、休日も先輩に会えた嬉しさが、じわじわと込み上げてきた。あまり顔に出さないように、僕は平常心を保ってにこりと口角を上げる。

「あ、そうだ。さっちゃん。明日一緒にお弁当食べない？　俺、弁当作ってくるからさ、アレルギーとかあったら教えて」

「えっ⁉」

　僕の平常心はどこへいったのか。半分くらい口約束だと思っていた僕は、とてもびっくりして先輩を見上げた。

「アレルギーはないですけど……ほ、ほんとにお弁当、作ってきてくれるんですか？」

「うん。屋上で食おうよ。よかったらモモちゃんも一緒に」

「はっ⁉　なーに言ってるんですか！　どーぞ、どーぞおふたりで！　うち、たまにはひとりの時間作らないと、死んじゃうタイプなんで」

　モモがドヤ顔でそう言うと、フミヤ先輩はまた疑うように瞳を細めて僕に問いかける。

「……さっちゃん、この子、嘘ついてない？」

　おっしゃるとおり、嘘をついている。モモはみんなでわいわいするのが大好きな人種で、ひとりきりの時間がひどく苦手な子だった。先輩の鋭い洞察力に、僕は一瞬たじろぐ。嘘をつきたくない気持ちと、モモの気持ちを裏切りたくない気持ちの間で葛藤していた。

「あー……たぶん、嘘は、ついてないです。……だよね、モモ」

僕の言葉に、モモは首が取れそうなくらい肯定してみせる。

「……あの、フミヤ先輩、明日僕が迎えに行きます」

先輩はオンモードをわずかに解除したみたいに、とろけるような甘い笑顔を一瞬浮かべた。

「ほんと？　じゃあ三年の教室来て。待ってる」

また凛々しい表情で業務に戻っていく先輩の後ろ姿を見送りながら、僕はもうすでに明日の先輩とのランチを心待ちにしていた。フミヤ先輩はふと振り返ると、

「あ、『シトラスティーパフェ』、今度は忘れないから」

ひとことそう言って、また歩き出した。

次の日の月曜日。モモはあさ子さんとビデオ通話を繋げて、中庭で食べるらしい。「嘘つかせてごめんね、モモ」と謝ると「逆にフミヤ先輩と食べないほうが怒るから」と勇ましい答えが返ってくる。

午後の柔らかな陽気が校舎全体を包み込む中、僕は緊張と期待が入り混じった心持ちで、三年生の教室がある新校舎に向かっていた。

新校舎の廊下を歩くたび、ピカピカと光るリノリウムの床や真新しい壁が目に飛び込んでくる。一、二年生が使っている旧校舎とは違い、新校舎は建物全体が輝いて見えた。

三年生の教室に近づくにつれ、僕の心臓の鼓動は速くなる。ドアの前で深呼吸をし、勇気を振り絞ってそっと中を覗き込んだ。

真ん中の列、後ろから三番目。

そこにいた先輩の姿は、いつもと少し違って見えた。友人たちに囲まれ、リラックスした表情で談笑している。背の高いフミヤ先輩とおそらく同じくらいの背丈だろう。ひとりは、黒髪で真ん中分けの見るからに陽キャっぽい男子生徒。もうひとりは、茶髪で耳にいくつもピアスがついている、細めでアンニュイなタイプの男子生徒。

一年生の僕と比べると、彼らは身長も、体格も全然違う。まるで大人と子どもだ。なんだか僕は彼らの姿に気後れして、声をかけられなかった。

どうにかチャンスを見計らいながら、じっと先輩の様子を窺う。

「――で、土屋（つちや）が満員電車で、『人類は増えすぎた』とか真面目な顔で言ってさ」

黒髪を真ん中で分けている先輩が、けらけらと笑いながら言った。フミヤ先輩も机にだらりと突っ伏して、小さく肩を揺らしている。

「ほんとにあの満員電車なんとかしてくれよ。俺、こんなことするために人間に生まれたわけじゃねぇんだわ」

茶髪で耳にいくつもピアスがある先輩が、やけに感情を込めてつぶやく。

「じゃあなんのために人間になったわけ？」

黒髪陽キャ先輩が不思議そうに尋ねた。

「……今度みんなで、お泊まり会しよ」

茶髪アンニュイ先輩は、意外と交流を楽しむタイプらしい。

「だる」

フミヤ先輩がひとこと。

「真剣に聞いて損した」

と、陽キャ先輩。

「なんだよ。いいだろ、お泊まり会」

「やだ」

フミヤ先輩は机に突っ伏した状態で言う。

「なんだよ、やるかぁ？　俺怒らせたらやべーかんな？　お前ら秒殺だよ？」

キレた演技で立ち上がる茶髪アンニュイ先輩に、陽キャ先輩が彼の腕を掴んで「全身、ほっそ！」と爆笑する。

彼らの大人びた見た目とは裏腹に、会話の内容はなんだかくだらない。

友人と一緒にいる時の先輩は、ユキナちゃんやカンナちゃんといる時とも違うし、僕といる時とも全然違う。

普段の丁寧な話し方ではなくて、飾らない先輩の一面が覗いていた。同級生が相手だとちょっと雑な感じで、それに返事も「んー」とか「あー」とか「わかる」とか「だる」とか、そんな必要最小限しか言葉にしないのだ。

僕は省エネ系男子高校生の神髄を特別に覗けた気がして、楽しくなってしまった。彼らの会話がまるで新鮮に聞こえ、ふっと笑みがこぼれる。そんな時。

「どうした？　誰かに用事？」

ひとりの男子生徒に後ろから声をかけられた。見知らぬ三年生だ、と認識する間もなく、彼がにかっと笑って言う。

「あ、さっちゃん？」

「え……？」

僕の中で小さな混乱が起きた。知らない人に名前を呼ばれている不思議。

「貞ー！　お前が言ってた『かわいいさっちゃん』が来たぞ！」

次の瞬間、教室中の視線が一斉に僕に向けられた。貞って誰だろうと一瞬思考が飛び、フミヤ先輩の名字だと思い至る。

「おー、あれがさっちゃん。イケメンじゃん！」

「たしかに、さっちゃん銀髪だ」

フミヤ先輩の友人たちの声が、まるで波のように僕に押し寄せてきた。

ていうか、先輩はいったいほかの人たちに、僕のことをどんな風に伝えていたのだろう。動物園のパンダを見るような好奇心旺盛な瞳に射抜かれ、僕は思わず身を縮こまらせた。

フミヤ先輩はむくりとこちらを向き、さっきまでの気だるさが嘘のように、素早く立ち上がって口角を上げた。

「お前らさっちゃんて呼ぶな。さっちゃんさんて呼べ」

先輩は相当理不尽なことを言いながら、お弁当が入っていると思われる巾着袋をふたつ持って、僕のところに近づいてくる。

「さっちゃん、行こう」

いつも通りな先輩の優しい声が鼓膜を揺らし、僕はほっとして肩の力が抜けてしまった。

非常階段の重々しい鉄の扉を開けると、屋上の眩しい陽光が僕たちを包み込んだ。柔らかな風が頬を撫でる。青空が広がり、金網のフェンスの向こう側には小さな街の景色が一望できた。

「あ……」

だけど、所々に置かれたベンチには、すでに男女のカップルが陣取っていた。諦めそうになった僕を尻目に、フミヤ先輩はスタスタと給水タンクでできた影に座り、

「さっちゃん、ここおいで」

と、隣を指さす。

給水タンクの影は意外と穴場だった。ほかの人たちから見られないし、強い日差しが当たらないし、何より風が吹いていて心地がいい。

「さっき一緒にいた人たちって、先輩の友達ですか？　黒髪で真ん中分けの先輩と、おしゃれなピアスをつけてた茶髪の先輩」

「あー、キヨと土屋ね。……ダチだけど、さっちゃんは別に覚えなくていいよ」

「どうしてですか？」

「どうしても」

何を考えているのか、先輩は巾着袋を揺らすと、「それより、こっち」と無邪気に笑ってみせる。

「お口に合うか、わかりませんが……」

「やったー！　ありがとうございます！」

手渡されたのは、かわいらしい猫のイラストが描かれた、パステルピンクのお弁当箱だった。先輩が持っているお弁当は色違いなのか、水色で同じように猫のイラストが描かれている。

明らかに先輩のイメージとかけ離れているのは、きっと妹さんたちのお弁当箱だからだ。僕がにこにこしていると、先輩はすぐに答えを教えてくれた。

「お察しのとおり、あいつらの弁当箱だから」

「だと思いました」

「それでは改めまして、どうぞ召し上がれ」

「ふふ、いただきます」

お弁当箱の蓋（ふた）を開けた瞬間、香ばしい匂いが風に乗って僕の鼻をくすぐった。

中身を見て、思わず感嘆の声を上げる。

「おいしそう！」

鮮やかな緑色のブロッコリーの和え物、オレンジ色の人参の飾り切り、真っ赤なミニトマト。その隣には、黄色い卵焼きがきれいに巻かれていた。隅には、濃い緑色のほうれん草のおひたしと、ふりかけがかけられた俵（たわら）型の小さなおにぎりが三つ。

そしてメインのおかずには、こんがりと揚（あ）がったからあげが盛られていた。

思わず口の中に唾液（だえき）が溜まるのを感じる。そして当時に、不穏（ふおん）な痛みを心臓に覚えた。

もう自分には関係のない、終わったことだ。だけど、どうしても心が悲鳴を上げてしまう。

「さっちゃん？」

敏感な先輩が僕の心を見透かしてしまう前に、

「食べてもいいですか？」

そう言って、お弁当箱に箸を差し入れた。

先輩のお弁当は彩りも栄養もよく考えられていて、とってもおいしかった。

僕の隣であっという間にお弁当を食べ終えた先輩は、購買で買っていたのか、追加の焼きそばパンを頬張っている。

僕は最後に残ったからあげふたつを、じっと眺めていた。箸を持つ手に汗をかいている。嫌な思い出が脳裏に浮かんでは、僕のことを責め立てる。

「どした？　からあげ嫌い？」

本当のことを話すか迷って、結局、僕は嘘をつくことを選択した。

「す、すみません。僕、からあげが苦手で」

咄嗟に嘘をついてしまった自分に、じわじわと罪悪感が込み上げてくる。けれど、その罪悪感よりも、過去を知られてしまう恐ろしさのほうが勝ってしまっていた。

「あ、そうだったんだ。じゃあ次から違うおかずにするわ」

事実だけを受け取ってくれたフミヤ先輩は、けろりとした様子で僕のお弁当に残っているからあげをふたつ、ぱくりと食べた。

「ごめんなさい、先輩」

涼しい風が、僕たちの間を吹き抜けていく。フミヤ先輩は風で乱れた髪を、かき上げながら言った。

「なんで謝んの。言ってもらったほうが、次の精度上がんじゃん」

自然と期待してしまい、僕の口から傲慢な言葉が漏れる。

「……次も作ってくれるんですか？」

「いいよ。次はさっちゃんの好きなものたくさん入れるね。教えといてよ、好きなもの」

先輩は何気なく言っているようだったけれど、僕は泣きそうだった。

先輩の優しさと、僕の真っ赤な嘘。

焼きそばパンを何事もなかったように頬張る先輩の姿を見ながら、僕の中で後悔と感謝の気持ちが渦巻く。

「お礼に……僕の膝貸します」

冗談でかわされてもいい、本気にしてもらってもいい。とにかく僕は先輩にお返しがしたかった。お弁当箱を丁寧に巾着の中に片付けながら言うと、先輩はきょとんと目を丸くする。

「え、マジでいいの？　普通に遠慮しないけど」

「いいですよ」

少しだけ笑って、膝をぽんぽんと叩く。先輩は屋上の床に寝そべり、ゆっくりと僕の膝に頭を乗せた。

先輩の髪から甘いシャンプーの香りがする。僕は先輩の頭の重みを膝で感じながら、遠くの空を見つめていた。青空がきれいだ、なんてそんな理由じゃない。何かほかのことに集中しないと、うるさいくらい鳴っている心臓が壊れてしまいそうな気がしたからだ。

雲がゆっくりと流れ、風が優しく吹き抜けていく。遠くで鳴く鳥の声も、どこか遠い世界のもののように感じられる。

「さっちゃんの膝が一番いい」

ふいに先輩が言った。てっきり目を閉じていると思っていた先輩は、涼しげな目で僕の顔をじっと見据えている。

僕は動揺を隠すように、ゆっくりと乱れた呼吸を整えた。

「それって、僕以外に比べる対象があるってことですか。先輩ってやっぱモテるんですねー、へー！」

「あ、待って、違う違う。ないない。うちの母親にだってやってもらったことない」

「ふーん」

信じるか信じないかは僕の自由だ。

「さっちゃん、拗ねてんの？」

「拗ねてません」

「嘘だ。わかりやすくて、かわいいね、さっちゃんは」

先輩が長い腕を伸ばし、僕の髪に触れる。なんとなく慣れてる雰囲気を感じ取り、僕はますますわかりやすく拗ねることにした。

「先輩は僕と違って、かわいくないですね」

「それは初耳だわ」

うるさい先輩は放っておいて、僕は好き勝手に先輩の髪に触れることにした。先輩のおでこの髪の毛をあげると、もじゃもじゃで隠されていたきれいな瞳が見える。

「そういえば、もうすぐ文化祭だね。さっちゃんのクラスは何やんの？」

僕にされるがままになりながら、先輩が尋ねてきた。

「うちはまだ正式に決まってないんですけど、たぶんメイド喫茶(きっさ)だと思います」

「え、ガチ!?」

人が変わったような急激なテンションの上昇を受け、こっちのほうがびっくりしてしまった。

「……せ、先輩にしてはリアクションでかくないですか？」

不審がる僕に対して、先輩は軽い笑い声を上げ、「だってさ」と続ける。

「見たいでしょ、それは。さっちゃんのメイド姿。短いスカートとか穿くの？

ニーハイも穿いちゃったり？」

「まぁ、たぶん」

この前クラスで話し合った時は、性別関係なくメイド服を着ようということに決まった。メイド服自体がかわいいし、やるならば徹底的にやるのが僕のモットーなので、一切妥協なしのガチンコ勝負で僕らしいメイド服に仕上げるつもりだった。

「エッチだね……。おじさん、お金たくさん持っていくわ……」

「ほんとにキモいおじさんみたいなこと言わないでくださいよ」

いったいフミヤ先輩は何を想像したのだろう。先輩の冗談に僕はドン引きしながらも、実は少しだけ嬉しかったりもする。本人には決して言わないけれども。

「カンナちゃんたちがいたら、『おにぃ、駆逐してぇ～～』って言われてますよ」

「絶対言うわ、あいつら。てか、さっちゃんに『おにい』って言われると、やっぱ……エッチだね」

「……『エッチだねおじさん』、うぜー」

ばかみたいな僕たちの会話がツボったのか、先輩はけらけらと目をつぶって笑い、そのたびに僕の膝が小刻みに揺れた。無邪気な先輩の笑い声。そんな風に、僕に素をさらけ出していいんですか？と問いたくなってしまう。

「先輩たちはなんの催しするんですか？」

「俺らは……けっこう安直なやつをやるんだけど、うーん、まだ内緒。あんま期待しないで」

なんだかよくわからないけれど、僕は「はーい」と返事をした。

「さっちゃんのクラス見に行く、絶対」

「僕も先輩のクラスに行きますね」

「よし、約束ね」

初めて会った時にカフェでしたように、僕たちは指切りげんまんをした。先輩と交わした約束がまた増えた。省エネだけれど、いつも有言実行のフミヤ先輩は、僕みたいに嘘をつかない。先輩がやるって言ったら絶対だ。そういうところがいいなぁと思う。

「今日もバイトですか？」

「……ん。午後四時から十時まで」

「大変じゃないですか？」

「んーん、慣れたし平気」

「えらいですね、先輩」

「ありがと。もっとよしよしして、さっちゃん」

冗談か、本気か、相変わらず飄々としていてわからない人だ。僕が適当に頭をよしよししてあげると、先輩は気持ちよさそうに笑い、今度こそ目を閉じた。

「寝てもいいですよ。チャイムが鳴る五分前に起こします」

「んー、ありがと……さっちゃん」

先輩の寝顔を眺めながら、僕はやっぱりせっかく先輩が作ってくれたあのからあげを、本当は食べたかったなと切なく思う。

フミヤ先輩の規則正しい寝息が聞こえてくる。先ほど食べられなかったからあげに対する未練が残っている僕は、時折、先輩のあどけない寝顔を眺めては心を静めている。

「あ、いたいた、さっちゃん！」

突然、騒がしい声が静寂を破った。

「俺、ずっと探してたんだよ。文化祭のことなんだけどさー」

屋上をきょろきょろと見渡していた同じクラスの今井が、テンション高く話しかけてくる。僕は慌てて人差し指を口元に当て、声をひそめて応じた。

「今井、静かに」

今井は驚いた表情を浮かべ、僕の膝ですやすやと寝ているフミヤ先輩の姿に気づく。

「え、……ごめん、って、この方は……どちら様？」

今井が怪訝そうに先輩を見下ろす。僕は説明に困り、「三年のフミヤ先輩」と事実だけを述べた。

「……付き合ってんの？」

急いで首を横に振る。心の中では「まだ」という言葉が浮かんでしまったが、口には出さない。

今井は困惑した様子で、僕の隣にそっと腰を下ろした。普通なら空気を読んでいなくなると思うが、彼はこういうところが本当に憎めない男だと思う。

「文化祭のメイク道具って、百均とかで買ったほうがいいかな？　会計の三浦が聞いてきてって」

今井はこそこそと話し、僕も彼の耳元でささやくように答えた。

「メイク道具は僕が用意するから買わなくていいよ」

「大変じゃねぇの？　さっちゃん」

「いいよ、もともとたくさんあるし、モモもけっこう持ってるから、持ってきてもらう」

「了解、じゃあ三浦に言っとくね」

今井は立ち上がりかけたが、何か言い残したことがあるようで、再び僕の耳元に口を寄せた。

「付き合ってねぇなら、もっと自分大事にしろよ、さっちゃん。簡単に膝枕とかさせちゃだめだって」

思いがけない今井の言葉に、僕は笑いそうになってしまった。どうやら今井はフミヤ先輩のことを完全に誤解しているようだ。

「ちょっと笑わせないで。そんなんじゃないって」

「いや、俺はマジで言ってんだけど」

今井の気持ちは嬉しいけど、僕だって誰にでも膝を貸すわけじゃない。

「ほんといいやつだね、今井。でも、フミヤ先輩は大丈夫だから」

彼は少し不満そうに肩をすくめて言った。

「さっちゃんがいいならいいけどさ。……じゃあ、またあとで」

「おー、ばいばい」

今井はマジでおもしれえ男だ。彼が去ったあと、僕はひとりで思い出し笑いをして肩を揺らしていた。そんな時、突然フミヤ先輩の低い声が鼓膜に響く。

「誰、今の」

僕は驚いて先輩を見下ろした。ぱっちり開いた瞳が僕をじっと見つめている。

「あ……す、すみません、起こしちゃいましたか」

「大丈夫だよ。それより、今の男誰？」

フミヤ先輩の寝起きの声は、いつもより少し低く、笑顔には普段見せない鋭さが混じっていた。寝起きだから、もしかしたら機嫌が悪いのかもしれない。

「今井です。サッカー部の一年で、僕と同じクラス。天然……ってわけじゃないんですけど、なんか言うことが微妙におもしろいやつで、……ふふっ、さっきもばかなこと言ってました。そうだ、僕、今度の文化祭であいつにメイクする予定なんですよ。今井は磨き（みが）がいがあるから、ほんとに楽しみです」

「へぇ……」

何を考えているのか、先輩は噛みしめるようにそう言うと、おもむろに体を起こして僕の顔をじっと見つめる。

「な、なんですか?」

「俺もさっちゃんにメイクしてもらおうかな」

「絶対嫌です!」

「えー、どうしてー」

先輩の声には、子どものような甘えが混じっている。先輩にメイクするなんて緊張しすぎて、今の自分にはうまくできそうにない。逆に言えば、先輩以外なら誰だってやれそうな気がする。

「今井にはするのに、俺にはしてくれないのさみしいなー」

フミヤ先輩はさらりと今井のことを呼び捨てにしていた。

「急にわがままっ子みたいなこと言わないでくださいよ」

フミヤ先輩はむっと唇を尖らせ、拗ねているみたいな演技をする。普段見せない表情に戸惑いを覚えつつも、僕はいろいろと理解してしまった。

「やっぱり、寝起きだから機嫌が悪いんでしょう、フミヤ先輩。もしかして最近、ちゃんと眠れてないんじゃないですか？」

先輩は軽やかな笑いを漏らし、呆れたように僕を見つめる。その目には、僕には読み取れない感情が宿っているように思えた。

「さっちゃんっておもしろいね、やっぱ」

「……なんでですか」

「なんででも。さっちゃんがメイクしてくれないなら、俺がさっちゃんにメイクしようかな」

「な、何を急に……」

驚いている僕を尻目に、フミヤ先輩の指が僕の巾着袋を指し示した。

「いつもリップ塗ってるでしょ？　それやりたい」

この中にリップがあることを知っていた先輩に、ちょっとだけ驚いた。カフェの仕事をしているせいか、先輩はいつも細かいところまでよく気がつく。

「お願い。やらせてよ、さっちゃん」

前髪の隙間(すきま)から覗く先輩の切れ長の目が、穴が空くかと思うくらい僕のことを強く射抜いた。その視線の重みに、僕は気圧される。

「わ、わかりました。でも僕のリップなんか塗っても、楽しくないかも……」

「楽しいって」

どこか喜々とした表情を浮かべ、先輩が巾着袋のリップに手を伸ばす。リップを持っているフミヤ先輩の姿なんて見たことがない。とてもレアなシチュエーションで、僕はちょっとだけドキッとしてしまった。

「桃(もも)みたいな匂いすんね、これ。おいしそう」

「食べちゃだめですよ、先輩」

冗談っぽく笑って、「唇、貸して」と先輩が顔を近づけてくる。僕はいまだにどうしてこんなことになっているのか、よくわかっていなかった。強(し)いて言えば、今井のせいのような気がする。

先輩の手が、ゆっくりと僕の唇にリップを塗っていく。今日持ってきたのは、

ヌーディなグロッシーベージュの色つきリップだ。

「あ、色がついてきた」

きれいに整った先輩の顔が、すぐそこにある。

「……唇の色ムラとか、自然に補正してくれるんです。あんまり強くない色だからナチュラルだし……」

僕はなぜか言い訳のように早口になり、また大人しく唇を閉じる。

「なるほどね」

塗り終わった先輩は満足げに微笑み、リップを巾着袋に戻した。

「できた」

僕の顔をじっと眺め、先輩は言う。

「かわいいよ、さっちゃん」

先輩のいつもの褒め言葉に、今日は特別にドキドキしてしまった。いつもなら生意気な返事をするのだけれど、どう返事をしていいかわからない。

「今井にはやらせちゃだめだよ」

「……な、なんで今井なんですか。もちろん、やらせませんよ」

戸惑いを隠せない僕の返事に、先輩は安心したように「よかった」と微笑んだ。

5　フミヤ先輩とメイド服

梅雨の湿った空気が教室に漂う六月。僕はＡ４のコピー用紙に描かれたメイド服を二枚並べ、完全に迷っていた。

窓の外では、灰色の雲が重く垂れ込み、時折小雨が降ってはやむのを繰り返している。けれど、その憂鬱な天候とは対照的に、教室内は活気に満ちていた。

クラスメイトたちはみんな、同じデザインのＴシャツを着て、それぞれの持ち場で準備に励んでいる。ミシンの音、ペンキの匂い、そして興奮気味な会話が教室中に響き渡っていた。

「さっちゃんの案、どっちもいいよね～」

モモの言葉に、クラスメイトたちは「だよねー」と深い共感を示した。

メイド服の案はふたつだ。ひとつは清楚な印象の白を基調としたもの、もうひとつは少し大人っぽい黒をベースにしたデザイン。どちらも僕が何日もかけて考えたデザインだった。予算内で収めるために、量販店（りょうはんてん）で売っているシンプルで安いメイド服を、僕好みにカスタマイズしようと考えている。

「ねぇ、今井と鳴瀬（なるせ）！　ふたりもこっち来てよぉ！」

部活に行く準備をしていた男子生徒ふたりが、モモに呼ばれて教室の真ん中に集まる。サッカー部の練習に行こうとしていた今井は、僕の描いたメイド服を見比べ、思い切り肩をすくめた。

「……これさ、ほんとに俺らも着んの？　さすがにキツくね？」

今井の言葉に同意するように、鳴瀬も柔道衣（じゅうどうぎ）が入っているリュックをぎゅっと握りしめ、そうだそうだとうなずいている。

「さっちゃんは美人だからいいよ!?　でも、俺らのメイド服を見るやつら拷問（ごうもん）だろ！」

「さっちゃんはたしかに言うまでもなく……まぁ……アンタらは……うん……」

女子生徒たちは今井と鳴瀬から目を逸らして、言葉を濁した。僕は今井と鳴瀬の顔を順番にじっと見上げる。

「さ、さっちゃん……何？」

背が高く、恰幅（かっぷく）のいい彼らだが、見た目は整っているし、青ひげと伸ばしっぱなしの眉毛を整えればイケるはずだ。下地、ファンデーション、コンシーラー。頭の中でいくつものメイク道具が浮かんでは消える。

僕は悪役みたいににやりと笑い、舌なめずりをした。戦況（せんきょう）が不利であればあるほど、燃える性分だ。

「大丈夫。今井も鳴瀬も、僕が責任持って超絶（ちょうぜつ）美人メイドにしてあげるよ」

「お、俺たちが、超絶美人メイドに……!?」

ある日突然、魔法少女に選ばれた女の子みたいに、今井は極限まで目を見開いて驚いていた。鳴瀬も大きな体を縮こまらせ、むぎゅっとリュックを抱きしめてつぶやく。

「さっちゃんって、見た目は華奢（きゃしゃ）なかわいさなのに、中身はマジで頼もしいよな……」

うちの高校の文化祭は、地域でもかなり有名な恒例行事となっていた。しかもクラスごとに競い合い、特に優秀な催しをしたクラスには賞が与えられる。

僕が目指すのは、もちろんトップ賞だ。

「え、今井たちずるーい！　さっちゃん、うちも当日メイクして！」

「私も！」

教室の飾り付けを担当している女子たちが、次々に僕に向かって手を上げる。

「ぜんぶ任せろ。お前ら、全員まとめて美人メイドにしてやるよ」

きゃあああ、と黄色い声援が巻き起こった教室を、たまたま廊下を歩いていた生徒たちがなんだなんだと一瞥してきた。

「さっちゃん、めっちゃ頼りになる～～！」

「なんかイケる気してきた」

教室内がどっと盛り上がる。そんな中、僕の脳裏には、フミヤ先輩の姿が思い浮かんでいた。

　結局、メイド服の最終的な判断は僕に委ねられることになった。本当はそのまま自分で決めてしまってもよかったけれど、フミヤ先輩の意見も聞いてみたかったのだ。

　放課後。急いで新校舎の廊下を走った。先輩がまだバイトに行っていないことを祈りながら、三年の教室を覗く。

「あの、フミヤ先輩いますか？」

　ちょうど扉のそばにいた三年の女子生徒に聞くと、

「さだー！　一年生、来たよーって、貞いなくね？」

　とキョロキョロとあたりを見渡す。

「キヨ！　貞は？」

　キヨ、と呼ばれた黒髪の男子生徒はぱっとこちらを見据えた。以前、『土屋』と呼ばれていた茶髪の男子生徒も、気だるく顔を上げる。

「あいつ今、トイレ！　あ、さっちゃんじゃん。すぐ戻ってくっから、ここで待ってなよ！　こっちおいで、さっちゃん！」

勢いよく名前を呼ばれ、僕はなんの考えもなしに彼らの元に近づいた。この前は話しかけづらかったけれど、会うのが二回目のせいか、今日は前よりも気後れを感じない。

また雨が降り出したみたいだ。どんよりとした空を窓越しに見つめつつ、彼らの前に立つ。

「ここ、貞の席だから座って。ポッキー食う？」

机の上に座っていた黒髪の彼は、にこにことお菓子を差し出してきた。ぺこりと会釈してフミヤ先輩の席に座り、僕はポッキーを一本だけもらう。一本で約十一キロカロリー。チートデーじゃないけれど、問題はないだろう。僕の体重からすれば、新校舎から旧校舎まで、約四分のウォーキングでチャラになる。

「……近くで見ると、さらに肌白いね、さっちゃんて」

当然だ。三六五日、紫外線（しがいせん）ケアは欠かさない。

「なんか韓国のアイドルみてぇ。モデルとかそういうのやってんの？」

「やってないです」

声をかけられたことは何度かあるけれど、すべて丁重にお断りした。

「えー、もったいねぇな」

「僕はどっちかと言うと、モデルよりも裏方に興味があります。メイクアップアーティストになりたいんです」

メイクアップアーティストとは、テレビや雑誌などに登場するタレントや俳優にメイクを施す専門家だ。自分にスポットライトが当たるよりも、僕は表舞台に出るという強い覚悟を持った人たちの顔と人生を、鮮やかに彩りたい。

「しっかりしてんだね、さっちゃん」

感心したように、黒髪の彼が言った。だけど現時点で、僕には感心してもらえるようなことなんて何もない。夢を語るのは簡単だ。実際に夢に近づくには、行動するしかないのだ。文化祭でみんなにメイクをするのも、僕にとっては今できることのひとつだった。だからこそ成功させねばと、誰よりも意気込んでいる。

「土屋先輩とキヨ先輩……ですよね？」

上目づかいでポッキーを食べつつ、彼らに尋ねた。なぜ名前を知っているのか不思議そうにしていた土屋先輩が、合点がいったように「ああ、貞か」とつぶやく。

「こっちが土屋。俺が清一でキヨ。よろー！」

キヨ先輩はさらさらの黒髪をかき分けて爽やかに笑い、対して塩顔イケメンの土屋先輩は、「うす」と小さく会釈をして耳にかかった茶髪を指先で直す。

「フミヤ先輩のこと名字で呼んでるんですね、おふたりは」

とても仲が良さそうなのに、少し不思議な感じがして僕は尋ねた。土屋先輩は淡々とした口調で答える。

「クラスのみんなほとんど『貞』だよな。なんか高一の時からそうだから、今さら名前で呼ぶの恥ずいっつうか。貞は貞っつうか」

そうそうとキヨ先輩が笑ってうなずく。

「さっちゃんくらいじゃね、名前で呼んでんの。あーほかにもいるか、紬ちゃんとか」

ふいに女の先輩の名前が鼓膜を揺らし、一瞬心臓が波打った。動揺を隠すように、僕は笑顔でキヨ先輩の顔を見つめる。

「紬ちゃんと貞ってなんで仲いいんだっけ？　土屋、お前、知ってる？」

「たしか、中学から一緒だったんだろ」

「……へー、そうなんですね」

できるだけ平静を装ったけれど、なぜかキヨ先輩も土屋先輩も僕の表情をじっと見つめてきた。何か勘づかれただろうか。僕は視線を逸らし、残りのポッキーをぽりぽりとハムスターのようにかじる。

「ちなみにさっちゃん、貞とはどういうご関係？」

キヨ先輩が頬杖をついて楽しげに聞いてくる。心の中で『僕が先輩の仕事中にナンパした関係です』とつぶやいた。もちろん実際にそんなこと言えるわけもないので、愛想笑いで乗り切ろうと試みる。

「フミヤ先輩のバイト先で知り合ったんです。それから先輩にはよく面倒見てもらってます」

「あー、なるほどね。貞は面倒見がいいから」

土屋先輩の飄々とした言葉に、小さくうなずいた。そう、フミヤ先輩は本当に優しくて、面倒見がいい。だからこそ、僕はその雰囲気に惹かれてナンパしたのだ。

「ていうか、さっちゃんも貞のこと、けっこう面倒見てあげてるみたいだよね」

土屋先輩の言葉に、僕は思わず顔を上げた。微妙ににやけているふたりの顔。フミヤ先輩のことが気になっているのを、彼らはわかっているのではないだろうか。そんな不安が頭をよぎる。

「そうですね、面倒……見てるかも、しれないような、気がしないでもない的な？」

「どっちだよ」

言葉を濁す僕に、ふたりの先輩は優しく微笑んだ。よりにもよって膝枕をしてあげているシーンを思い出してしまった僕は、少しだけ頬が熱くなっている。

「そ、それより、かっこいいですね。土屋先輩のピアス」

僕は土屋先輩の耳を指さした。話題を変えるためもあるけれど、実際、一目見た時からずっと気になっていたのはたしかだ。

「……どれ？　これ？」

左にみっつ、右にふたつ。彼の耳にはたくさん穴が空いていて、その中でも左にひとつだけつけられたフープ型のメンズピアスに目を奪われた。フープの表面に刻まれたシルバー特有の黒ずみ。シンプルな彫りだけれど、武骨さと色気が漂っていて土屋先輩の雰囲気にとってもぴったりだ。

土屋先輩がフープ型のピアスに触れた時、僕はにこりと笑って言う。

「それです、そのフープピアス。よく似合ってます」

土屋先輩はきょとんと目を瞬かせたあと、なんの迷いもなく僕に言い放った。

「あげる」

「えっ⁉　いいです！　そんな意味で言ったんじゃないから！　ほんとに！待って、外さなくていいですって！　いらない、いらない！　よく見て、土屋先輩！　僕、ピアスの穴開いてないから！」

「穴開けたら、つければいいじゃん。あげる」

「いやいやいや！　そういう問題じゃないですって！」

焦る僕を尻目に、さっさとピアスを外そうとする土屋先輩と、「さっちゃん困ってんじゃん」とゲラゲラ笑っているキヨ先輩。

「……おい土屋、さっちゃんの初ピアスを俺から奪うなよ」

そんな時、低い声が後ろから聞こえ、僕ははっとして振り向いた。フミヤ先輩が不機嫌そうに眉をひそめている。

「さっちゃんがピアスの穴開けたらぁー、俺が最初にプレゼントする予定なんでぇー、土屋くんは遠慮してくださぁーい」

両方のズボンに手を突っ込んで、フミヤ先輩は冗談めかして口にした。

はたしてそんな約束をいつしただろうか。どれだけ記憶を探してみてもわからないが、先輩にピアスをプレゼントしてもらえるのはやぶさかではないので、僕はちゃっかり黙っていた。

「あっそう」

　あっけらかんとそう言い、土屋先輩は何事もなかったかのように、片方だけ口角を上げて深く椅子(いす)に座り直す。若干、からかわれたような気がするけど、真相を知るのは土屋先輩だけだ。

「つーか、お前ら、なんで勝手にさっちゃんとたわむれてんだよ」

「お前のうんこがおせーからだろぉ」

　まるで男子小学生みたいなことをキヨ先輩が言う。

「違いますぅ！　男子ってすぐ不潔なこと言うぅ！」

　まるで女子小学生みたいな言葉を返したフミヤ先輩は、隣の椅子を引っ張ってきて、僕のすぐ近くに陣取った。

「キヨくん、ほんとに違うの。文哉は、私がゴミ捨て行くの手伝ってくれたんだって」

　いつの間に近くに来たのか、緩く長い髪を巻いた、誰が見ても美人と認めるような三年生の女子生徒が、頬を上気させながらフミヤ先輩のことを見やる。

　その甘ったるい視線に感謝以上の好意を見つけてしまい、僕は少しだけむっとして口を閉ざした。『文哉』なんて僕は一度も呼んだことがない。

「……へぇ。貞は相変わらず、やっさしいねぇ」

新校舎のゴミ捨て場は、体育館の渡り廊下の先で、建物の外にある。気づかなかったけれど、たしかにゴミ捨てを手伝ってきたであろうフミヤ先輩の制服も髪も少し濡れていた。さりげない仕草で僕は彼女を見つめた。まったく水滴（すいてき）のついてない、彼女の制服、髪、足元。

――俺が持ってくから。

――え、でも……。

――いいよ、そこで待ってて。

頭の中で、勝手に彼らの会話が流れる。わかっていたことだ。先輩は僕だけじゃなくて、世界中の誰に対しても平等に優しい。

たとえ彼の前に突然宇宙人が現れて、

――ボクッテ……アナタノレンアイタイショウニハイリマスカ?

そう尋ねたとしても、フミヤ先輩はきっと変わらない優しい瞳で受け入れるに違いない。

――ゆっくりお互いを知っていきましょう。……ね、やくそく。

ざあざあと耳に雨音が響く。窓の外では相変わらず鬱陶しい梅雨の雨が、グラウンドを濡らしていた。

「ほんとにありがとね、文哉」

「マジでいいって、紬。ついでだから」

この人が紬先輩。僕は意識的に彼女の名前を頭の中にインプットした。フミヤ先輩が呼び捨てにして、そしてフミヤ先輩に呼び捨てにされる関係性の人。

はにかんだ笑顔を浮かべた紬先輩は、「じゃあ、また明日ね。文哉」とかわいらしく手を振る。控えめに光る桃色のグロスも、主張しすぎないブラウンのマスカラも、きれいな髪の毛のウェーブも、猫の目のように跳ねたアイラインも、僕の嫉妬心が邪魔しなければ絶賛していたはずだ。

でも、今の僕はだめだ。バイセクシャルのフミヤ先輩は、女の子も男の子も選択肢になり得るのだ。そのことを否定したいわけじゃないし、これは僕の心の問題なのだとわかっている。ただどこか心細くて、胸が痛いだけだ。

「おー、またね」

フミヤ先輩はフラットな態度で彼女に接したあと、すぐさま話題を変えるように僕の顔を覗き込んできた。

「さっちゃん、大丈夫？　俺がいない間、怖いことされなかった？」

「されてないですよ」

嫉妬心を顔に出さないように、慎重に言葉を吐き出す。

「……貞くん？　お前は僕たちをなんだと思ってんのかな？」

「俺に用事だったの？」

キヨ先輩のツッコミを無視して、フミヤ先輩が尋ねてくる。そこで、ようやく僕は本来の目的を思い出した。

「文化祭でメイド服着るんですけど、どっちがいいか、フミヤ先輩の意見を聞きたくて」

「え、見る見る。見たい、見して」

ノリ気なフミヤ先輩の様子に安堵しつつ、ポケットに入れていた紙を取り出して机の上に広げる。

「よかったら、キヨ先輩と土屋先輩も意見ください」

キヨ先輩は「おー、いいよ」と身を乗り出し、土屋先輩は「俺らの意見でよければ」と答えた。

教室のLED灯の下で、紙の上に描かれた二つのメイド服のデザインを並べる。自分の描いた絵を見られるのは、やっぱりどこか緊張した。

「すげぇ、さっちゃんがデザインしたの？」

「ちょこちょこアイデアを描き出しただけですけど」

キヨ先輩は「それがすげぇんじゃん」と感心した声を出し、土屋先輩は真剣に二枚の絵を見比べている。フミヤ先輩は両手で口元を隠していて、どんな表情をしているのかよくわからない。

「いい？　せーので指さしね。せーの！」

キヨ先輩が声を上げる。

「これ！」

「こっち」

キヨ先輩は白を基調とした清楚なメイド服、土屋先輩は黒をベースにした大人びたメイド服を指さした。肝心のフミヤ先輩は……。

「おい、何してんだよ、貞」

先輩は先ほどと同じ姿勢で固まったままで、どちらも選んでいなかった。

「だって、迷うだろこんなん普通に」

僕は意外にも、優柔不断なフミヤ先輩の新たな一面を知った。

「こっちは白のフリルがかわいいよね、あと白ってさっちゃんにめっちゃ似合いそうだし……。でー、えーと、こっちはスカート短いのもかわいいし、なんつうのこのニーハイとの絶対領域……？　みたいなのが、……エッチだね」

「……うわ出た。『エッチだねおじさん』」

おなじみのおじさんの登場に僕が半ば呆れていると、キヨ先輩は「ぶはっ」と噴き出していた。土屋先輩はわかりやすく不快感を露わにしている。

「貞、さっちゃんにセクハラすんのやめろよ……。今の、ほんとに……だめだぞ、お前。え、どうした？　そんなん言うやつじゃねぇじゃん。俺の貞はそんなんじゃねぇよ……なぁ、目ぇ覚ましてくれよ、俺の貞……」

「誰がお前の貞だよ」

一方で本気で説教している土屋先輩と、真面目につっこむフミヤ先輩の掛け合いがおかしくて、僕とキヨ先輩はけらけらと声を上げて笑ってしまった。

「さっちゃんが、笑ってくれたからいいものの、貞、お前ほんとに反省しろよ」

「やだよ。だってエッチなもんはしょうがないし、さっちゃんのエッチなメイドさん姿見たいし」

「さっちゃん、ほんと俺の貞がごめん」

「だから、誰がお前の貞だよ！」

声を出して笑いながら、僕は見た目と中身のギャップのある土屋先輩のキャラをなんとなく理解し始めていた。ピアスをあげると言い張っていたのも、からかわれたに違いない。もちろん土屋先輩よりも一番ギャップがあるのは、オンモードではばっちばちに決まっているイケメンカフェ店員、オフモードはもじゃもじゃニキのフミヤ先輩だけれど。

「さっさと決めろって、貞。どっちにすんのよ」

「えー……どっちもいい……。どっちのさっちゃんも見たい……。さっちゃん、これさ、どっちも着てもらうわけには――」

「――いかないですね」

「あははは っ！　貞がキモすぎる！　ほんとどーしたお前！」

キヨ先輩がお腹を抱えて笑っている中、土屋先輩は「俺の貞……」といまだボケをかましている。

リップサービスだとしても、先輩がどっちも見たいと言ってくれるのは悪い気がしない。二枚の絵を見比べているフミヤ先輩を、僕はにやけた顔で見つめた。

「そんなに悩むの珍しいな。初めて見た気がするけど……」

土屋先輩がそう言うと、「えー、そう？」とフミヤ先輩が答える。

「選択するのも労力でめんどくせーから、とか言っていつも即決だもんね」

と、キヨ先輩。

「コンビニで選ぶときも、貞って目に入ったもの買うんだよな。俺には理解できない」

と、土屋先輩。

「え……そうなんですか？」

「そう！　この前も味が好きとかじゃなくて、目が合ったアイス買ってて普通に引いた」

キヨ先輩の言葉に、素直に驚いた。僕だったら、お気に入りのアイスを選ぶ。

「だってなんかご縁(えん)じゃん？　一期一会(いちごいちえ)じゃん？」

「意味わからん。自分が好きなのにしろよ」

「……てか、メイド服もそうしたらいいだろ。はい、目が合ったほうを選択！」

「……それはちょっと無理ッスね」

「なんでだよ」

フミヤ先輩のバイトの時間が差し迫っていて、そのあとすぐに解散になった。

「一日ちょうだい。明日答えるから」

別れ際、フミヤ先輩が申し訳なさそうに言い、僕は「迷いすぎですよ」とからかって笑った。

その日の夜、ユキナちゃんとカンナちゃんと僕がメンバーのグループラインに、メッセージが来た。

――おにい、迷いすぎてて笑ってます。

そんなメッセージのあとに送られてきたのは、真剣に悩んでいるフミヤ先輩の隠し撮りだ。頭を抱えながらフミヤ先輩が見ているのは、あらかじめスマホに撮影しておいた僕のメイド服のスケッチ。

――駆逐してぇ～～。

ふたりのメッセージに、くすくすと笑いがこぼれ、顔に貼っていたパックが僕の太ももにひやりと落ちた。

次の日の二時限目。

体育の授業の終わりを告げるチャイムを、僕はテニスコートの近くにある日影でじっと待っていた。あと十分で終わりなのに、その十分が異様に長く感じる。

「誰か男子～、おっ竹内、お前なんでそんなとこに隠れてんだよ。悪いけどテニスボールを体育館の倉庫まで持ってってくれ」

体育教師のお願いに、僕は愛らしい表情を作り出して肩をすくめた。

「……先生、大変申し訳ないんですが、信仰上の理由で、箸より重いものを持てないんです」

「……そうか、竹内。先生はお前の信仰を否定しないぞ」

「ありがとうございます。感謝します、先生」

「今からテニスコートでがっつり試合と、ボール片付け、どっちがいい？」

地獄の二択だ。

「ボール片付けまーす……」

「おお、ありがとな！　気をつけて行ってこいよ、イケメン高校生、竹内幸朗！」

本名で呼ぶな、と心の中でつぶやきつつ、イケメン高校生の僕は、先生の声に素直に応じた。重たいテニスボールの入った籠を抱え、体育館の倉庫へと向かう。外から扉を開け、入り口でシューズを脱ぐと、靴下のままペタペタと体育館に入った。

その時、バスケットボールが弾む音と同時に、入り口に座っていた女子生徒たちの声が聞こえてくる。

「おい、さだー、やる気を出せ〜〜！」

「がんばれ、貞〜〜！」

はっとして前方を見ると、女子が体育をしている反対側で、フミヤ先輩のクラスがバスケットをしていた。

「全然、やる気出さねぇ、ウケる」

「あいつ、ちゃんとすればマジでイケメンなのに、ほんともったいないよね」

フミヤ先輩の教室内での評価が、ばっちりとわかる会話だった。体育の時間でも省エネモードなのが先輩らしい。

僕は体育館倉庫にボールを片付けたあと、こっそりフミヤ先輩を見つめていた。体育館の喧騒の中、先輩の姿だけが僕の目に焼き付いている。

「先輩、がんばって」

小さく声を出したが、声援が飛び交う体育館で、聞こえるわけがない。そろそろ戻ろうかと踵を返そうとした時、だらだら立っていた先輩が髪をかき上げ、ふとこちらを見つめる。

「あ、さっちゃんだ」

僕の心臓は大きく跳ねた。まるで奇跡のように、先輩が僕に気づいたのだ。はにかみながら、僕は小さく手を振った。

先輩は口だけで「見てて」と僕に伝えると、手首につけていた髪ゴムで髪を後頭部でひとつに結び始める。

「お？　ついに貞が髪の毛を結き始めましたよ」

「さだー！　いけー！　ほら、紬も」

「文哉ー！　がんばれー！」

紬先輩たちの声が響くタイミングで、先輩の目つきが一変した。いったい先輩は僕に何を「見てて」と言ったのか、そう不思議に思う暇もなく、先輩はすぐにバスケットボールを追いかける。

バスケットゴールからリバウンドしたボールを奪うと、先輩の動きが一気に加速した。ドリブルをしながら、敵チームの選手たちを巧みにかわしていく。まるで水を得た魚のように。

フミヤ先輩が目指すゴールは、僕のすぐ目の前だった。先輩は体育館シューズをキュッキュッと鳴らしながら、どんどん僕に近づいてくる。

汗で濡れた前髪が風になびき、真剣なまなざしが輝いていた。半袖のジャージから見える引き締まった腕の筋肉。先輩の大きな手が、力強くボールを掴んでいる。

そして次の瞬間、先輩は高くジャンプした。先輩の姿が、まるでスローモーションのように僕の瞳に映る。なんて跳躍力。

「……う、わ」

ボールを両手で掴んだまま、バスケットゴールに向かって上体を伸ばした先輩。

――ガシャーン！

ボールがゴールを通過する音が、体育館中に響き渡った。フミヤ先輩のダンクシュートが決まった瞬間、つんざくような女子の歓声が広がってゆく。

「急にやる気出すんじゃねぇよ、さだあ！　出すなら始めから出せこらあ！」

キヨ先輩が叫んでいるのをあっさりと無視して、ゴールから手を離した先輩が、床にすとんと着地する。心臓がバクバクと鳴る中、女子生徒たちの興奮した声が僕の耳を騒がせていた。

「すごっ」

「なんで？　貞が急にスイッチ入った！」

「やばい、めっちゃかっこいい！」

僕の目の前でダンクシュートを決めたフミヤ先輩が、ゆっくりと近づいてくる。汗で濡れた髪が額に張り付き、乱れた息を整えながら歩いてくるフミヤ先輩の姿。僕は思わず見とれてしまい、その場から動けなくなっていた。

「さっちゃん、ここで何してんの」

さっきのダンクシュートを決めた人間とは思えない、まるで執着心を感じさせない淡泊な声だった。

「あの、テニスボールを片付けに……。そ、それより！　す、すごかったです。今のダンクシュート！」

「さっちゃんが見ててくれたから、やる気出た。かっこよかった？」

冗談めかして首を傾げる先輩に、素直に感動を伝える。

「とっても、とってもとっても！　かっこよかったです、フミヤ先輩！」

僕の言葉を聞いて、フミヤ先輩は嬉しそうに笑った。その笑顔が、夏の陽射しのように僕の心を熱く照らす。

「ありがとう、さっちゃん。マジで、さっちゃんの称賛が一番疲れに効くわ」

「そんな、人をエナドリみたいに……」

「全然違うって。エナドリは飲みすぎ注意だけど、さっちゃんはいくら摂取しても大丈夫だから」

さっきまで超絶かっこいい先輩だったのに、今や訳のわからないことを言っている。

「……先輩って、どこまでが本気かわかりませんよね」

「えー、なんで？　ぜんぶ本気だよ。俺、嘘つくのも、嘘つかれんのも苦手だから」

ささくれ立った部分をふいに触られたみたいに、ほんの一瞬だけ、心臓がずきりと痛みを感じた。

「あ、そうだ。悩みに悩んで出した、昨日の答え、今言わせて」

フミヤ先輩は真面目な顔で、僕の目をまっすぐ見つめる。

「俺は黒のメイド服がいいと思う」

決意がこもった瞳で宣言してきた先輩に、僕は一瞬戸惑った。ダンクシュートのインパクトがすごすぎて、メイド服のことをすっかり忘れていたのだ。

先輩は考え抜いて、エッチな絶対領域がある黒のメイド服を選んだらしい。

「フミヤ先輩、正解です」

僕のつぶやきに、フミヤ先輩は少し驚いたような表情を見せた。

「えっ、不正解もあったの？　こえー、言ってよ、さっちゃん」

体育館には、まだ興奮冷めやらぬ生徒たちの声が響いている。

ねぇ知ってますか、フミヤ先輩。あなたが真剣に悩んでくれたから、どっちを選んだとしても僕にとってそれが正解だったんだって。

6　フミヤ先輩と文化祭

東の空から柔らかな薄紅色の光が広がり始め、ようやく明るさを増していく早朝五時半。本来ならば誰もいない、朝の静寂に包まれているはずの教室には、忙しない生徒たちの声が飛び交っていた。

教室の一角に設けられたメイクスペースで、僕は今井の顔を真剣なまなざしで見つめている。

今井は生まれたての子鹿みたいに震えながら、前の席に座った。

「お、お願いします、さっちゃん。てか、ほんとに俺らで大丈夫なの……？　ムリゲーじゃね？　俺、ネットで晒されて一生笑われるとかないよね？」

今日は文化祭当日だ。この日のために、僕たちはいろいろ準備してきた。メイド服を着る予定の生徒全員に、前日、入念にパックをしてもらってきたほどの張り切りようだ。

机の上に並べた化粧品の蓋を開け、僕はにこりと微笑む。

「この僕がメイクするんだから、大丈夫に決まってんでしょ。やるって決めたんなら、覚悟を決めろよ、今井」

今井は「は、はい……！」と従順な返事をしたかと思うと、恐々とした様子で瞳を閉じた。

窓から差し込む柔らかな光が、今井の素顔を照らしている。まず、僕は指先に取った保湿クリームを、今井の顔全体に優しく塗り広げていく。その瞬間、今井の表情がほんの少しリラックスしたのがわかった。

「なんか、……人に塗ってもらうのって気持ちいいわ」

ぽつりとつぶやいた今井の言葉に、隣でメイクをしていたモモが、

「めっちゃわかる。さっちゃん触り方が優しいんだよね。言葉はエグいけど」

と笑って相槌を打つ。

「つーか、俺にきびあるし、にきび痕もあるし、さっちゃん触んの嫌じゃ

ねえ？」

恐縮して目を閉じながら、今井が言う。僕はクリームの爽やかな香りを肺いっぱいに吸い込み、

「全然嫌じゃない。むしろ楽しいし、触らせてくれてうれしい」

そう淡々と答えた。

保湿した肌を少し乾かしてから、下地の入った容器をよく振り、手の甲に少し出す。肌の温度でなじませてから、今井の肌にスポンジで丁寧に伸ばしていく。今井の肌の質感が少しずつ変化していくのを、魔法をかけているかのような気分で見つめていた。

全体に下地を塗り終えると、今度はファンデーションを手に取り、今井の肌色に合わせてブレンドしていく。ファンデーションブラシを滑らせるたびに、今井の肌に輝きが増していくのがわかる。それから、にきび痕とひげの痕をコンシーラーで整えて……。ピンクのチークで頬の血色感を出し、艶を残したい部分以外にフェイスパウダーを軽くたたく。

「俺、今どんな感じ？　だ、大丈夫……？」

「大丈夫、大丈夫」

モモと目を合わせて笑ったあと、僕はアイメイクに取りかかった。幅広でぱっちり二重の今井によく似合う、ベージュピンクのパレットできれいなグラデーションを作っていく。あえてアイラインは引かずに、アイシャドウの締め色で目の大きさを強調した。ビューラーでまつげを上げ、マスカラを慎重に塗る。そして最後にぷるぷるのリップグロスを唇に乗せたら完成だ。

「今井、目開けて」

今井がゆっくりと目を開ける。「できたよ」と僕が言うと、にやにやと笑うモモに渡された手鏡を覗き込み、今井は驚きの声を上げた。

「俺、きれいじゃね……えっ、俺、めっちゃきれいじゃね⁉　さっちゃん、すげぇ！　ちょっ、モモちゃん、見て！　俺、きれいじゃね⁉」

「何回言うんだ、今井よ」

モモがげらげらとツッコミを入れ、僕は満足げに微笑しながら、自分の作品を誇らしげに見つめた。やっぱりメイクの力はすごい。顔の印象だけではなく、自信さえも与えられる。

「今井、こっち見て」

ぱっと振り向いた今井の肩を、つま先立ちして両手で掴む。

「メイクさせてくれて、ほんとにありがとう。きれいだよ、とっても」

かぁっと今井の頬が赤くなり、その瞬間教室で準備をしていたクラスメイトたちがどっと歓声を上げげた。

「さっちゃんすげー！　マジで神じゃん！」

「今井、かわいい……俺、新たな扉開きそうなんだけど」

調子に乗った今井が、メイド姿でくるりと回り、「うっふん」と男子生徒たちにウインクをする。

「……中身が今井だからやっぱ扉閉じたわ。ごめんな」

なんでだよ、と今井が笑う姿を、ほっとして見つめた。彼にメイクをすることで、もし苦手意識を持ってしまったらどうしようと、本当は少しだけ不安だったのだ。不意打ちで「なんかメイク楽しいわ。今度、メンズメイク教えてよ、さっちゃん」そんな風に今井に言ってもらえたから、僕はほんの少しだけ泣きそうになってしまった。

「てか、さっちゃん、メイド服最高に似合ってんじゃん」

「ビジュ優勝してる」

「へへっ、ありがと！」

自分でもよく似合っていると思う。ここのところ、一年の服飾部のメンバーとともに、家でも学校でもずっと裁縫をしていた。

首にしている艶やかな黒のチョーカーには、小さな銀色のチャームが付けられている。動くたびにふわりと広がるミニスカートと足のラインを強調する黒のニーハイソックス。ウエスト部分には、コントラストを付けるように白のエプロン。思い描いたとおりの完璧なメイド服だ。

「……竹内くんて自分に自信があっていいよね」

「ね、すごくない？　……私には無理。そんなに自信持てないもん」

耳に入ってきた小さな声に反応したくなったけれど、僕は黙って教室の隅にいる彼女たちに微笑んだ。自分のことを自分で好きにならなきゃ、いったいほかに誰が好きになってくれるというのだろうか。

言葉は魔法だ。「僕はかわいい」そう言い続けていれば、いずれ真実になる。

——俺、幸朗みたいなデブは無理！

ふいに脳裏に浮かんだあの言葉。

刃物で切られたみたいに心臓が痛くなって、思わず左胸を押さえた。どうして今思い出してしまったのだろう。今にもあの時の校舎裏の臭い（におい）が漂ってきそうで、ふるふると頭を振った。

まだまだメイクが必要なクラスメイトがいる。けれど僕は、助けを求めるように、自撮りを一枚撮った。

『おはようございます、フミヤ先輩。メイド服、着ました』

写真とメッセージを送ってすぐに、手の中のスマホがブブブッと振動して驚く。フミヤ先輩からの着信だった。

「……もしもし、先輩？」

『おはよ、さっちゃん。もう教室いんだね、って俺らもだけど』

先輩の後ろには、賑やかな声が絶えず聞こえている。

『すげぇかわいいよ、さっちゃん』

朝早いからか、少しだけ掠れた先輩の低い声。

「……あ、ありがとうございます」

『さだー！　こっち手伝ってー！』

『……あー、ごめん、呼ばれた。それだけ言いたかったから。じゃあまたあとでね』

とても忙しない電話だった。たったひとこと「かわいい」と言うためだけに、先輩は電話してきたらしい。さりげない優しさに救われてしまった。先輩の声を聞いただけで、もう大丈夫だと思える。

大丈夫、僕は今日もかわいい。

「ここのメイド喫茶、めっちゃいい！」

「男の子もメイド服着てんじゃん！　ねぇ、入ろ入ろ！」

教室の入り口には長蛇の列ができ、廊下まで賑やかな声が響いている。僕たちのメイド喫茶は予想をはるかに超える大盛況だった。

教室内は甘い香りで満たされている。窓際にはレースのカーテンがかけられ、まるで別世界に迷い込んだかのような雰囲気だ。テーブルには水色のクロスが敷かれ、その上にかわいらしいパステルカラーの食器がテーブルを彩っていた。『うちらのクラス全員、マジで百均に足向けて寝るな』食器担当の友人たちによるありがたいお言葉だ。

僕たちメイド担当はメイド服に身を包み、忙しく動き回っている。スカートがふわりと揺れ、ニーハイソックスが足元をかわいらしく演出していた。首元のチョーカーも、普段の僕たちよりどこか優雅な仕草に見せてくれている。

「お嬢様、おかえりなさいませ」

僕が笑顔で迎え入れると、「きゃあ」と歓声が上がった。テーブルには、華やかなアイシングクッキーやかわいいデコレーションが施されたドリンクが並び、カメラを向ける人も多い。

午前中のメイド喫茶は、まるで嵐(あらし)の中にいるかのような忙しさだった。お客さんにたくさん写真をお願いされ、僕は愛想良く要望に応えていた。汗ばむ額を拭(ぬぐ)いながら、次々と押し寄せるお客さんに笑顔で対応していたら、見覚えのあるふたりが案内係のあとをついてくる。

「おお！　さっちゃん、おつかれー」

「来てくれたんですか、先輩たち！　うれしいー！」

キヨ先輩と土屋先輩、ふたりの姿を認めた瞬間、僕の心臓がドクンと跳ねた。彼らと一緒にフミヤ先輩も来たかもしれないと思ったのだ。そんな僕の心を見透かしたのか、土屋先輩は、

「ああ、貞は午後ね。十四時から休憩時間」

そうすかさず補足する。キヨ先輩も土屋先輩も「さっちゃん、ガチで似合ってるじゃん」と褒めてくれた。

フミヤ先輩のクラスはお化け屋敷をしているみたいだ。しかも、先輩はお化け役で、「名字が貞で、髪も長いから、貞男(さだお)をやれ」と決められてしまったらしい。

以前、一緒にお弁当を食べた際、なんの催しをやるのか聞いた僕に、

――俺らは……けっこう安直なやつをやるんだけど、うーん、まだ内緒。あんま期待しないで。

と、先輩が微妙な顔をしていたのを思い出す。かわいそうだけれど、やっぱりちょっとおもしろい。

「貞は、いろんな意味で女の子をきゃあきゃあ言わしているよ」

今まさにフミヤ先輩は貞男を全う(まっと)しているらしい。そんな話を聞いたら、僕の好奇心を抑えられるわけがなかった。僕はさっそくみんなに許可を取り、休憩することにした。みんなは「さっちゃんは十分すぎるほど働いたから、自由にしていい」と口を揃えて言ってくれた。思えば夢中になるあまり、朝から働きづめでほかのクラスの様子もまったく見られていない。

あとで行きたいクラスをチェックしながら、フミヤ先輩のクラスに向かっている途中、ふと声をかけられた。

「……あれ、幸朗？」

喉がヒリヒリとひりつく。蓮くんの声を久しぶりに聞いた瞬間、僕は体が凍りついてしまったような錯覚に陥った。

「……れ、蓮くん」

なぜ彼がここに？　小学五年生の僕が初めて好きになった人――杉山蓮くんがそこにいた。

五年ぶりに会った蓮くんは、僕の記憶よりも男っぽく成長していた。声が低くなり、僕よりも身長が高くなっている。

――俺、幸朗みたいなデブは無理！

過去の記憶が洪水（こうずい）のように押し寄せてくる。

「お、お前、すげぇ痩せて――」

目を見開いている蓮くんの言葉を最後まで聞く前に、僕の体は勝手に動き出していた。廊下を走る足音が響く。心臓が耳元で激しく鼓動を打つ。

「ま、待てって、幸朗！」

背後から追いかけてくる気配に、さらに恐怖が募る。

「こっちが入り口ですよ～！　今なら待ち時間なしで入れるよ～！」

周りの音なんてよく聞いていなかった。前方に暗い入り口が見えた瞬間、僕は躊躇（ちゅうちょ）なくそこに飛び込んだ。暗闇に包まれ、取り巻く空気が変わる。

フミヤ先輩のクラスがやっているお化け屋敷の中だと気づいたのは、その数秒後だった。

どうして、蓮くんがここにいるのだろう。二度と会いたくなかったのに。

考えればわかることだ。文化祭は一般の人にも公開されていて、誰が来てもおかしくない。けれど、その時の僕には冷静に判断する余裕がなかった。

冷たい空気が肌を刺す。どこからともなく聞こえる不気味な音。体から血の気が引いていく感覚がする。お化けが怖いんじゃない、先ほど会った蓮くんの存在に怯えていたのだ。

小学五年生だった当時、僕と蓮くんは誰もが認めるほど仲が良かった。蓮くんはクラスの中でも活発なほうで、言いたいことははっきりと言う誰からも好かれる少年だった。僕は蓮くんが笑う時のくしゃっとした笑顔が好きだった。でも、蓮くんが好きなのは女の子だと知っていたから、誰にも言わずに僕の初恋は終わっていくはずだったのだ。あの夏の日がなければ。

とても暑かったその日、校舎裏の水飲み場で僕と蓮くんは水を飲んで涼んでいた。

――幸朗って好きな人いんの？

口からこぼれ出た水滴を手の甲で拭いながら、蓮くんが無邪気な様子で尋ねてくる。心臓が壊れそうになるくらい鳴っているのを感じていた。もし、ここで言わなかったら一生彼に思いを伝えることはないだろう。こくりと唾（つば）を飲み込む。

——ぼ、僕は……蓮くんが好き。

長い沈黙のあと。

——ごめん。俺、幸朗みたいなデブは無理！

あの時の僕はたしかにぽっちゃりしていた。ママが作ってくれるからあげが大好きで、毎日と言えるくらい食べていたのだ。でも、僕は自分のマシュマロみたいな手も、触ると心地いいほっぺも、嫌いじゃなかった。弾力のある太ももも、立派なおなかも、嫌いじゃなかった。なのに。

ごめん。俺、幸朗みたいなデブは無理！

好きな人のその言葉だけで、僕は僕の好きなものがわからなくなってしまった。自分の姿が猛烈に嫌になって、その日から大好きだったからあげを食べることもやめて、学校へ行くのもやめた。

家にひきこもり、食事も少ししか取らず、だんだんと痩せていく僕を見て、さぞかしパパとママは心配したことだろう。一ヶ月ほどたったある日、僕は鏡に映る自分を見て気がついた。いくら強引な方法で体重を減らしても、痩せられるわけじゃない、ただやつれていくだけだと。僕は鏡に映っている自分のことを、ちっとも愛せていなかった。

「僕は僕がかわいいと思える人間になる！」

そう泣きながら宣言し、その日から運動を始め、健康的に理想体型へ近づく計画を立てた。僕は、自分の好きなものをこの手に取り戻したかった。それから、自分が納得できる理想の体型になれたのは小学六年生になった春頃だった。

そして、猛烈に勉強し、誰も知り合いのいない私立の中学校へ入学した。そこでモモと出会い、一緒に偏差値（へんさち）が高く、さらに校則も緩い、パラダイスみたいな今の高校に入学したのだ。

暗闇の中、震える手でメイド服の胸元を押さえた。心臓の鼓動が収まらない。

僕が好きなものは……？　僕が好きな人は……？

雑念が邪魔をして、またわからなくなる。

暗闇の中、僕はふらつきながら前に進み始めた。こんにゃくがぶら下がっていたり、白い女の人が急に出てきたりしたけれど、何も感情がわかない。僕が好きなのは――。

「……幸朗ぉ。……待ってぇ」

突然、背後から低い声が聞こえた。蓮くんが追いかけてきたのかもしれない。

「やっ、だ――！」

咄嗟に手を振り上げて、後ろから迫る影を払おうとした瞬間、耳慣れた声が飛び込んできた。

「ごめん、待って、さっちゃん」

暗闇の中で目を凝らす。

「俺だって、俺。もじゃもじゃのフミヤ先輩」

そこには、ホラー映画でおなじみな、貞子のコスプレをした先輩が立っていた。垂らしていた長い前髪をかき上げ、先輩が心配そうに顔を覗き込んでくる。

先輩に会えた安堵感とともに、蓮くんのこととか、今までの出来事とかが一気に押し寄せてきて、心の中がごちゃごちゃになる。

僕が好きなのは――。

「フミヤ、先輩……」

涙がぽろりと頬を伝う。僕の口から漏れた不安げな言葉に、先輩の表情が明らかに曇った。

「やっべ……俺、そんなに怖がらせちゃった？　さっちゃんが来てるって思ったら嬉しくて、ちょっとイタズラ心が――」

先輩の言葉を最後まで聞く間もなく、僕は無意識のうちに先輩にしがみついていた。

「さっちゃん……？」

先輩はびっくりした様子だったけれど、すぐに僕の背中に柔く手を回してくれた。

「ごめん。ごめんね、さっちゃん」

先輩の声には申し訳なさが滲んでいた。僕は本当のことは何ひとつ言えず、ただ先輩の胸に顔を埋めて少しだけ泣いた。

「ほんとにごめんな」

先輩の大きな手が、僕の背中をそっと撫でる。その優しさに、胸の奥が熱くなる。心臓の鼓動が、ゆっくりと落ち着いていくのを感じる。先輩の体温が、徐々に僕の恐怖を溶かしていく。しばらくそのままでいると、不思議と心が落ち着いてきた。そして、同時に忘れていた羞恥心(しゅうちしん)が戻ってくる。

「す、すみません！　急に……抱きついたりして」

目尻に浮かんだ涙を拭い、赤い顔で見上げると、先輩の優しい笑顔が目に入った。暗がりの中で、その笑顔だけは明るく輝いているように感じる。

「実物で見たらもっとかわいいわ。さっちゃんのメイド姿」

こんな時でも先輩は褒めてくれる。貞子みたいな白い衣装を着ていても、ボサボサの黒髪でも、目の下に黒いクマの化粧をさせられていても。

この人が好きだ、と思った。イケメンでも、もじゃもじゃでも、貞子の格好でも構わない。僕はフミヤ先輩が好きで、好きで、しょうがない。

心の中の気持ちを認めてあげた途端、また心臓がドキドキしてくる。先輩の前で泣いてしまった後悔を隠すように、僕はわざと冗談っぽく言った。

「……ここ、エッチですか?」

太ももの絶対領域を指さす。フミヤ先輩は「あー……」となぜか目線をさまよわせたあと、観念したように小さく笑った。

「そうだね。めちゃくちゃエッチ」

僕と先輩が声を殺して笑い合っていると、奥から光が差し込んできた。懐中電灯を持った三年生の女子たちが、心配そうな表情で近づいてくる。

「どうしたの? ……文哉?」

ひとりの女子が先輩に声をかける。この前会った紬先輩だ、そう認識した瞬間、別の女子が僕の存在に気がついた。

「あっ、一年生だ! てか、メイド服、かぁいい～!」

僕は自分の泣き顔が見られないように笑顔を作り、ぺこりと会釈をする。

「俺、この子とちょっとだけ抜けるわ。すぐ戻るから」

フミヤ先輩は紬先輩らのほうを向き、申し訳なさそうな表情で言った。「おっけー」と返事をするギャル風の先輩と、少しだけさみしそうにしている紬先輩。わかりやすいなと思う。彼女もきっと本気でフミヤ先輩が好きなのだろう。でも、僕だって好きだ。フミヤ先輩と出会って初めてわかった、僕はとても嫉妬深いのだと。

先輩は僕と手を繋いで、お化け屋敷のゴールまで一緒に歩いてくれた。そして人気(ひとけ)のない非常階段横のスペースに着くと、今度は僕の背中をとんとんと宥(なだ)めてくれる。喧噪(けんそう)から少しだけ離れた静かな空間で、先輩の優しさが染みわたった。僕の心臓の鼓動が、ゆっくりと日常を取り戻していくのを感じる。

「泣かせてごめんな。許して、さっちゃん」

本当は先輩のせいじゃない。それでも、僕はまた嘘をつく。

「許しません」

「えー……」

先輩の驚いた表情を見て、僕は続ける。

「僕と一緒に文化祭回ってくれないと……一生許しません」

先輩の指先に、僕は自分の指先を絡めた。骨張った先輩の指。僕は僕の好きなものを、大丈夫、ちゃんとわかっている。

「ははっ、あざといな。つうか、そのつもりだったけどね」

フミヤ先輩は楽しそうに笑った。先輩の笑顔に触れた分だけ、僕の心は軽くなっていく。

「さっちゃんはそうでなきゃ」

先輩は僕のことをどう思っているんだろう？　少しは意識してくれているのだろうか。

切れ長の瞳を細めて、先輩が意味ありげに笑う。

「この格好じゃ回れねぇから、教室で待ってて」

「さっちゃん、蓮ってやついなかったよ！　大丈夫だから、フミヤ先輩と一緒に行っておいで？　てか、うちはさっちゃんの味方だし、お望みとあらば、そいつのこと、ぼっこぼこにできるから遠慮なく言って？」

　マシンガントークのモモを見ていたら、肩の力が抜けた。モモには中学の時、僕がゲイだと話した次の日に、蓮くんの話をしていた。あのあと、フミヤ先輩と別れてから、教室で待っていたモモに蓮くんと会ったと伝えたら、いつもは愛らしい彼女の顔が鬼のような形相になった。そして、学校の隅々まで探してくれたのだ。それこそ自販機の隙間から、ごみ箱の中まで……。

「ありがと、モモ。でも、その気持ちだけで十分。モモを犯罪者にするわけにいかないし」

「そんなんいいよ！　てか、うちも共演NGなやついっぱいいるし、やなやつのことは忘れてこ！　ほら、メイク直さなきゃ！　待って、鼻テカってるから、とりま、あぶらとり紙貸す！」

「モモ、ありが――」

「あっ、ファンデもよれてる！　直すね！　てかリップも塗り直すわ！　さっちゃん、ちょっと黙ってて！」

モモは矢継ぎ早に言い放つと、勝手に僕の鼻の脂を取り、ファンデを直し、リップを塗ってくれている。彼女の手際の良さに感心しながら、僕は心の中でつぶやく。モモがいてくれて本当によかった。

「え、ごめん、聞こえちったわ。さっちゃん、なんか変なやつに絡まれた？俺が話つけようか？」

振り向くと、美人メイド姿になっている今井が、心配そうな顔で僕のところへ歩み寄る。

どいつもこいつもいいやつだなとしみじみ思いながら、「大丈夫だよ、ありがとう、今井」と笑顔で返す。

「モモ、ついでに今井のメイクも直してあげて」

「おっけー！　今井、ちょっと屈んで。届かない」

「……ああ、ごめん」

今井は足を思い切りガニ股にして、モモがメイクしやすいように顔を突き出した。あまりにもメイド服とミスマッチなその姿に、思わず笑みがこぼれる。

和やかな空気の中、メイク直しを終えた僕たちのところに、クラスの女子たちが勢いよく駆けよってきた。興奮した様子で、息を切らしながら叫ぶ。

「聞いて聞いて！　やばい！　あっちの廊下に超絶イケメンがいた！」

「超絶イケメン……？　俺じゃなくて？」

今井のふざけた発言に、モモは即座にツッコミを入れた。

「今井、ちょっと黙ってて」

「はーい……」

モモの言葉に素直に従う今井。

「てか、うちの学校の上履きと制服だったよね⁉　え、あんな人、三年の先輩にいた⁉」

「塩顔で笑顔がかっこよくて長髪で足長くて、マジでカンペキ！　ちょー推すんだけど！」

「……は？」

僕とモモは顔を見合わせて、おそらくまったく同じことを思った。まさか、そんな。

「さっちゃん」

入り口から顔を現したフミヤ先輩の姿に、僕たちはぽかんと口を開けた。学校ではあのバスケの時しか見たことのない、イケメンバージョンのフミヤ先輩がそこにいる。

スラリと伸びた手足。ただ扉の前で佇んでいるだけなのに、その姿はまさにモデルのようだ。さっきまでもじゃもじゃしていた黒髪は今やきれいに整えられ、長髪の一部は後頭部でハーフアップに縛られている。

日々隠れていた先輩の端正な顔立ちが、僕にも、そして僕のクラスメイトたちにも丸見えだった。高い鼻筋も、くっきりとした眉も、優しさの中に芯の強さを感じさせる瞳も。

「遅くなってごめんね」

フミヤ先輩が楽しそうに僕に近づいてくる。クラスメイトもお客さんも、みんなの視線が彼の姿に集中しているのを感じ、僕は居心地の悪さを覚えた。

「あ、君が今井だ」

フミヤ先輩は僕の隣にいた今井に視線を合わせ、どこかひんやりとするような、涼やかな笑みを浮かべる。

「へ……?」

突然名指しされた今井は明らかに困惑した様子で、ぽかんと口を開けていた。

「覚えてない？　この前、さっちゃんの膝を借りてたフミヤ先輩なんだけど」

おそらく、今井の頭の中では僕の膝の上で寝ていたもじゃもじゃの先輩の姿と、現在のイケメンなフミヤ先輩の姿が徐々に一致しているはずだ。

「あっ、ああ、あの時の……！　覚えてます！」

案の定、今井は大きく目を見開いて、何度もうなずいた。フミヤ先輩は今井に向かって、にこやかに話し始める。

「サッカー部一年、今井雅弘。好きな食べものはオムライス。嫌いな食べものはピーマン。小中高とサッカーひとすじで、他校に二年の兄貴がいるんだよね？　中学では市の優秀選手にも選ばれてるし、ほんとすごいね、君」

「……な、なんでそれを……ご、ご存じで？」

今井の驚きぶりに、僕も同感だった。クラスメイトの僕だって知らない今井の情報を、なぜフミヤ先輩が知っているのだろう。僕はすかさずモモの顔を見たけれど、彼女もわからない様子でふるふると首を横に振っていた。

「三年のキヨ……栗崎清一、知ってる？　あいつが君のお兄さんの先輩で、いろいろ知っててさ、教えてもらった」

にこにこと愛想のいい笑顔で、フミヤ先輩は今井の肩を抱き寄せた。僕はその光景を見て、胸がモヤモヤしていた。今井の耳元で何か言ったような気がしたけれど、僕にはよく聞こえない。今井は僕のほうを見て、「あ、そうなんスね」とぽつりと吐き出す。今井の顔がだんだんと赤くなり、さらにモヤモヤが募るばかりだ。

「ちょっと先輩、僕に用事なんじゃないんですか。構う相手、間違ってる……」

我慢できなくなった僕は、フミヤ先輩のズボンのベルトをぐいぐいと引っ張った。今井に嫉妬する自分も大概だと思うが、先輩が今井にばかり話しかけて、構ってくれないのが悪い。

フミヤ先輩は驚いたように僕を見つめ、そしてなぜか楽しそうに口角を上げた。

「ほんとにさっちゃんっておもろいね。なんつうか、俺が思ってるのと別の角度から来るっていうか」

「なんの話……」

僕が不満げに聞くと、フミヤ先輩は「こっちの話」と笑いながら答える。

「そうだ、行く前にクッキー買っていきたいから、さっちゃん接客してよ。お店に行くって、約束したでしょ？」

「や、約束しましたけど……あの、改めて先輩の前でやるのは恥ずかしいんで、お断りします」

「こら、一年。先輩の言うことは聞かないと。俺だって貞男をやりきったんだからさ」

先輩はなぜかノリノリだ。僕はいたずらっ子のようなフミヤ先輩をぎりぎりと睨みつけ、こうなったらヤケだと思いっきり笑顔を作り出した。

「おかえりなさいませ、お坊ちゃま」

「はーい、ただいま、俺のメイドさん」

先輩が余計なことを言うから、周りの女子から歓声が上がる。この人、わかってやってるんじゃないかと思い始め、僕は唇を強く噛みしめた。

「メイドさん、この萌え萌えクッキーをひとつください」

先輩の声には、どこか茶目っ気が混じっている。まるでこの状況を楽しんでいるかのようだ。……いや、絶対楽しんでる。

「はい、どうぞ。五〇〇円になりまーす！」

先輩は代金を差し出し、僕からクッキーを受け取ると、「萌え萌えハート注入は？」と聞いてくる。

「……はい？」

「キヨと土屋が言ってた。『さっちゃんに萌え萌えハート注入してもらって、マジでかわいかった～』『あ、お前は貞男で忙しくて行けないか、かわいそうに～』って、すっげぇうざマウントとられたからさ」

涼やかな笑顔の中に、少しの嫌味(いやみ)と苛立(いらだ)ちを感じる。たしかにあの時、文化祭ハイだった僕はノリノリでやっていたかもしれない……。わざわざ遊びに来てくれたキヨ先輩と土屋先輩にはとても感謝しているが、お願いだから余計なことは言わないでほしかった。

僕は無理やり口角を上げた笑顔を続け、

「萌え萌えハート注入～！」

と両手でハートを作って、先輩のクッキーにおまじないをかける。こんなふざけた台詞を考えた今井の処遇(しょぐう)はあとで考えるとして、もっと問題なのはにやにやと笑っているフミヤ先輩だ。

「ありがとう、メイドさん。とってもかわいいクッキーだね。よかったら俺と一緒に食べない？　ふたりっきりで」

先輩の言葉に、僕はますます顔が熱くなるのを感じた。周りからの歓声がさらに大きくなる。

「先輩……もう勘弁してください……」

小さな声でつぶやくが、先輩はにこやかな笑顔のままだ。

「えー、でもメイドさんのさっちゃんなんて、めっちゃレアだし。あと、困ってるさっちゃんもかわいいから、延長で。おじさん、さっちゃんのためにお金いっぱい持ってきたんだ」

「……あ、『エッチだねおじさん』の設定だったんだ」

その時僕は、ようやく先輩のキャラ設定を理解したのだった。


午後三時。梅雨の晴れ間の日差しが、雲の隙間から屋上を照らしている。僕とフミヤ先輩はたくさんのクラスを一緒に回ったあと、文化祭の喧騒から離れ、屋上で一緒に『萌え萌えハートクッキー』を食べていた。

アイシングクッキーの甘い香りが鼻腔(びくう)をくすぐる。ハート型のクッキーには、それぞれ淡いピンクや黄色、青や緑のアイシングが施されていた。表面には白い線で繊細なハート模様が描かれている。

クッキーは見た目重視かと思えば、かなりおいしくて調理担当のクラスメイトたちに感心してしまった。一口かじれば、サクサクした食感と、口の中でほろりと溶けていくような甘さが広がる。

「おいしいですね、フミヤ先輩」

「だね。今日一日、貞男でがんばったから、甘いものが沁(し)みるわ」

先輩の姿を横目で見ながら、僕は勇気を出して尋ねた。

「……どうして、急にイケメンバージョンで来たんですか？」

フミヤ先輩は、クッキーを口に運びながらさらりと答える。

「さっちゃんは、こっちのほうが好きかなって思って」

嬉しさと同時に、複雑な感情が湧き上がる。僕はずっとイケメンな先輩の姿を学校で見たかった。だけど、一緒にクラスを回っている最中、周りの女子も男子も先輩に夢中だった光景を思い出し、抑えきれない嫉妬心が込み上げてくる。

「やっぱり、みんなの前では、いつものもじゃもじゃのフミヤ先輩のままがいいです……」

先輩は不思議そうな顔をした。屋上に吹く風が、先輩の整えられた黒髪を優しく揺らす。

「どうして？」

その質問に、僕は思わず本音を漏らしてしまう。

「僕以外に見せちゃやです……」

そう言いながら、僕は無意識のうちに先輩の服の袖を握っていた。自分の行動の浅はかさに、気づかないフリをしている。涼しい風が頬を撫でているけれど、僕の心にこもるばかりの熱は冷ませそうにない。

先輩は僕の仕草を見て、優しく微笑んだ。その横顔は、一層大人っぽく魅力的に見える。

「さっちゃんが、またあざといこと言ってる」

「……嫌ですか？」

「嫌じゃないよ、全然」

先輩の袖を握ったまま、顔を上げて先輩の目を見つめた。遠くで聞こえる文化祭の喧騒も、今はただのＢＧＭだ。この瞬間、僕の世界には先輩しか存在していない。

風に煽られて、髪が目に入りそうになった。先輩は僕の髪を梳いて、

「さっちゃんさん、バイト中に髪を結ぶのはいいですか？」

そんなことを言う。

「それはしょうがないから許します」

本当は僕にこんなことを言う権利はない。お互いわかっていて、茶番を楽しんでいるだけだ。

「よかったー、許可出て。けっこう店長が喜ぶんだよね、客が増えるって」

「僕もそれで増えたお客さんですから」

「そう、さっちゃんは俺のお客様で、俺の後輩で、俺のメイドさん」

「メイドさんは今日だけですけど」

「えー、やだ。それこそ俺の前でだけやってよ。キヨたちにマウントとられた時、マジでキレそうになったからね」

　屈託なく笑っている先輩への想いが、この一瞬でさらに強くなっていくのを感じた。同時に、この気持ちを伝えるべきか、迷いも生じ始める。

　もう蓮くんの時みたいな思いは絶対にしたくない。伝えたらまたわからなくなってしまうのだろうか。先輩への愛しい思い。

「時々なら……いいですよ。メイドさん」

「やった。じゃあ、約束」

「約束はしません。だって、先輩と約束すると本当にやるまで終わんないんですもん」

　いい加減、僕もフミヤ先輩のことをちょっとずつ理解してきている。

「それが約束するってことじゃん」

「あっ、ちょっ、やだ！」

じゃれ合いながら、結局僕の小指は先輩の小指と結ばれてしまった。また僕とフミヤ先輩の約束がひとつ増える。

「ねぇ、さっちゃん」

「なんですか？」

「本当は俺だって、君のメイド姿、ほかの男に見られたくなかったよ」

先輩は笑っていなかった。指先にほんの少しだけ込められた力。不意打ちに放たれた言葉の威力たるや。僕は何も言い返せなかった。フミヤ先輩と僕は小指を絡め、先輩が次に言葉を発するまで、しばらくそのまま見つめ合っていた。


一応、後日談がある。文化祭が終わる間際の閉会式のことだ。体育館に晴れやかな文化祭実行員のアナウンスが響き渡る。

「優秀賞はメイド喫茶の1―A、代表竹内幸朗くん！　そして、話題賞MVPはお化け屋敷で見事貞男役をやり切った3―B、貞文哉くん！」

文化祭のトップ賞を勝ち取ってクラス代表で呼ばれた僕と、MVPを獲得したフミヤ先輩は壇上でハイタッチを交わした。

割れんばかりの歓声の中、僕は思う。先輩のイケメンバージョンと、僕のメイド姿を学校で見られるのは、今日が最初で最後だ。僕と先輩、ふたりっきりの時は例外だけれど。

7　フミヤ先輩と紬先輩

お昼休み。スマホの画面に表示されたラインの通知に驚き、僕は持っている紙パックのジュースをこぼしそうになってしまった。

『さっちゃん。俺、今日バイト休みだから、一緒に帰んない？』

フミヤ先輩からのお誘いメッセージに、思わず顔がにやける。

『ＯＫです！』

そうスマホに入力し、送信しかけたところで、ふと思い悩んだ。このメッセージだと、なんだか僕だけが張り切っているみたいだ。感嘆符を消して、『ＯＫです』と送信した。けれど、送ってからすぐに、このメッセージだけだと簡素すぎるかもしれないと考え直す。急いでかわいい猫のスタンプも一緒に送ると、間も置かずに、すぐ先輩から返信が来た。

『放課後、三年の教室で待ってる。迎えに来て、さっちゃん』

まるで甘えるような先輩のラインに、「ふふ」と喜びを隠しきれない僕。

「最近いい感じじゃーん」

隣の席で一緒にお昼を食べていたモモは、にんまりとからかうように言った。

僕は「まあね」と自信たっぷりに見えるように笑いながら、心の中で本当にそうだといいなと強く願う。

蓮くんとの過去はまだ吹っ切れていないけれど、フミヤ先輩を好きだと認めてから、少しだけ心が軽くなったような気がする。

夕暮れが迫る放課後。モモと別れ、オレンジ色に染まった廊下を歩きながら、僕の心臓は少し速く鼓動していた。入念にメイク直しをしていたら、教室を出るのが遅くなってしまった。

三年生の教室に近づき、そっと覗き込む。シンとした教室に佇む人影がひとつ。けれど、その影はフミヤ先輩のものではなかった。

紬先輩だ。彼女は静かに窓際に立ってスマホをいじっていた。窓から差し込む夕日に照らされた彼女の姿は、まるで絵画のようにきれいで、僕は思わず息を呑む。

紬先輩が僕に気づき、穏やかな微笑みを浮かべた。

「……あ、もしかして、文哉探してる？　幸朗くんだよね？　文化祭の時に名前呼ばれてたから」

我に返った僕は、少し慌てて答える。

「あの、……はい。フミヤ先輩はどちらに……？」

紬先輩の表情が一瞬曇ったように見えた気がした。けれど、すぐに優しい笑顔に戻る。

「文哉なら、さっき担任に呼ばれてたから、たぶんまだ戻ってこないと思う」

「そう、ですか。ありがとうございます」

僕は少し落胆（らくたん）しながら答えた。気まずい沈黙がふたりの間に流れる。

教室に戻ろうか、それともここに残ろうか。不安になった僕は、スマホを取り出してラインを確認した。フミヤ先輩からのメッセージが一通届いている。

『たんにんによばれた。すぐもどるからおれのきょうしつでまってて』

全部ひらがなで、急いで打ったようなメッセージ。僕のことを考えて、慌てて連絡をくれたのだろう。その思いやりが愛おしくて、思わず「ふふ」と笑みがこぼれる。

「文哉からラインきてた？」

紬先輩の声に、思考が中断した。

「あ、はい。教室で待っててくれって」

僕は少し緊張しながら答えた。そして、勇気を出してフミヤ先輩の席に座る。

紬先輩の視線が、まるで蔦のように僕の体に絡みついてくるような気がした。

「最近、よく一緒にいるんだね。文哉と」

彼女がフミヤ先輩を呼び捨てにするたびに、心を爪で引っかかれたような小さな痛みが生じる。でも、弱音を吐きたくなくて、リップを塗った唇をしっかりと上げ、強がりでも構わないと笑顔を作った。

「そうなんです。フミヤ先輩がお弁当を作ってくれて、時々一緒に食べてます」

言葉を発した瞬間、己の醜さに気づく。これが卑怯なマウントだということに、紬先輩はきっと気づいてしまっただろう。でも、僕だって何もなかったように引き下がるわけにはいかない。

「私も食べたことあるよ。文哉のお弁当って、おいしいよね」

紬先輩は苦笑いしながら答えた。

「文哉ってみんなに優しいから」

はたして彼女の言葉は、本当に僕に向けられた言葉だったのだろうか。もしかしたら彼女自身、僕と同じような切なさを抱いているのかもしれない。ふたりともフミヤ先輩の優しさに触れ、その心を求めている。平等に向けられた優しさの中で、たったひとつだけ特別な感情を探して。

また沈黙が教室を包む中、ふいに紬先輩の声が静寂を破った。

「私ね、文哉のこと好きなんだ」

はっきりと声に出して言われた真実に、僕は尻込みした。紬先輩の瞳には、僕がまだ持つことのできない決意が宿っている。心臓が激しく鼓動し、何も言葉にならない。

「私が昔、友人関係で悩んでた時、すごく力になってくれたの。電話で泣いてたら、夜中なのに会いに来てくれて、文哉のそういう優しいとこ、本当に大好き。幸朗くんは聞いてるかな？　文哉も昔、いろいろあったから……今度は私がそばにいてあげたいなって」

フミヤ先輩から直接聞く事実以外は、僕にはなんの価値もない。そう頭では理解しているのに、彼女から聞かされるふたりの関係性にひどく劣等感を覚えている。

「文哉とは中学からずっと一緒なんだ。ははっ、あいつが泣いてるのも見たことあるんだよ？」

これ以上何も聞きたくない。ここから逃げ出してしまいたい。

「文哉が一番嫌いなもの、なんだかわかる？」

紬先輩が静かに続ける。柔らかなその声に、僕の心臓は抉られるような感覚がした。

「嘘をつかれること」

どうしてそんなことを僕に言うんだろう。

僕は机の上でぎゅっと手を握った。紬先輩の真意はわからない。だけど、どんなに僕が嘘に紛れたとしても変わらない気持ちがある。フミヤ先輩への思いだけは、僕の胸の中にもちゃんと。

「……僕も、フミヤ先輩が好きです」

言葉がようやく口からこぼれ出た。紬先輩の澄んだ瞳が、まっすぐに僕を射抜く。

「文哉のどんなところが好き?」

「先輩の好きなところはいっぱいあります。でも、それは僕だけの想いだから、あなたには言いません」

「……そっか」

僕と紬先輩は、じっと互いを見据える。

「なんだか、ドラマみたいだね、私たち」

「……そうですね。それはちょっとだけ、思います」

「ドラマだったら、私のこと誰に演じてほしいかなぁ……。強気な女の子がいいな」

「僕は、イケメンがいいです。できれば、色白の」

「じゃあ文哉は？　イメージできる俳優さんいる？」

「フミヤ先輩は……わかりません。だって、フミヤ先輩はフミヤ先輩だから、誰も代わりなんてできない」

「そうだよね、わかるよ……。文哉は特別だもん」

どちらからともなく、ふっと苦笑いをこぼし合った。ライバルであり、同じ気持ちを抱える仲間でもあるという奇妙な連帯感が、ふたりの中で生まれているような気がした。

そんな時、廊下から急ぐような足音が近づいてくる。

「さっちゃん、ごめん。お待たせ」

教室の入り口からフミヤ先輩の声が響いた。僕と紬先輩は、一瞬目を合わせ、そして同時に振り返った。フミヤ先輩は、少し息を切らしながら教室に入ってくる。

「おー、紬。まだいたんだ」

フミヤ先輩の声には、少し驚きの色が混じっていた。

「……うん。文哉と一緒に帰ろうと思って待ってた」

「え、マジ?」

先輩の笑顔は、いつもと変わらず優しい。

「ごめんな、紬。さっちゃんと約束してるから」

まっすぐに紬先輩を見て、フミヤ先輩は言った。少しの申し訳なさは感じられるものの、淡々とした物言いはフミヤ先輩らしい後腐(あとくさ)れのないもので、僕はまるで自分が断られたかのように胸がぎゅっとなる。

「残念。じゃあまたね」

紬先輩が小さく手を振ると、

「行こう、さっちゃん」

フミヤ先輩が僕の顔を覗き込んで笑う。「はい」と返事をして、鞄を手に持った。

ふたりで廊下を歩きながら、フミヤ先輩の横顔を盗み見る。フミヤ先輩は、紬先輩と僕がどんな会話をしていたのか知る由もなく、今日あったキヨ先輩たちのおもしろエピソードを楽しげに話している。

――文哉も昔、いろいろあったから……今度は私がそばにいてあげたいなって。

紬先輩の声が頭から離れない。

昔、何があったんですか？　いつか僕にも話してくれますか？

僕自身、フミヤ先輩に過去をさらけ出せないくせに。

言えない言葉は、僕の心の中で募っていくばかりだ。

「……僕、終わったかも」

モモの部屋のベッドに倒れ込み、天井を見つめながらぐったりとつぶやいた。

金曜日の夕方、モモの家でお泊まり会をするのを前から楽しみにしていたのだけれど、外はあいにくの曇り空だ。モモといれば、晴れだろうが雨だろうがいつだって楽しい時間を過ごせる。天気なんかよりも、問題は別にある。

「でもさ、あっちの先輩は関係なくない？　大事なのはさっちゃんとフミヤ先輩がどうかってことなんだし」

モモの声を打ち消すように低い雷鳴（らいめい）が部屋に響き、一瞬、部屋が青白い光に包まれる。

窓ガラスに雨粒が打ち付ける音が、ポツポツと聞こえ始める。降り始めた雨は、次第に激しさを増していった。僕の胸の内にある、抑えきれない感情の高まりを後押しするように。

僕は身を起こし、窓際に歩み寄った。ガラス越しに外を見ると、重々しい灰色の空から激しい雨が降り注いでいる。通りを歩く人々が、慌てて傘を広げていた。

「……はあ」

胸が苦しい。

時は数時間前まで遡る。廊下の角から僕とモモは、探偵のようにこそこそと様子を窺っていた。心臓がドキドキと鳴る中、僕は小声でモモに尋ねる。

「どの先輩？」

「今、自販機でカフェオレ買った人。ほら、緩く髪巻いてる」

友人と笑いながらカフェオレのパックにストローを差した、三年生の姿を捉えた。緩やかに巻かれた長い黒髪。愛らしくてぱっちりお目々の純情そうな横顔。華奢な体に鈴を転がすような声。

「ああ、やっぱり紬先輩じゃん……」

その瞬間、僕の中で何かが崩れ落ちた。その場にしゃがみ込み、胸の痛みを抑えようとする。

「さっちゃーん……」

心配したモモが、僕の横に座って顔を覗き込んできた。すべては今日のお昼休み、モモが語り出した衝撃的な出来事から始まった。

「言いづらいんだけどさ、実は昨日、見ちゃったんだよね……フミヤ先輩が女の先輩と一緒にいるとこ」

放課後、職員室へ向かっていたモモは、三年の教室でフミヤ先輩と紬先輩がふたりきりで話をしているのを目撃したという。話を聞いていた僕は最初、何でもないことだと思おうとした。だってクラスメイトなんだから、放課後に話をすることもあるだろう。

けれど、次にモモの口から語られた真実が、僕の心を凍らせたのだ。

「告白してたんだよね、その女の先輩」

——好きなの、文哉が。

紬先輩の声が、頭の中で鮮明に再現される。

——文哉にとって、ただの友達なのは知ってる。でもゆっくりでいいから、意識してくれないかな、私のこと。

僕がもたもたしている間に、いつの間にか彼女は僕を追い越してしまった。紬先輩に強烈な嫉妬心が浮かび上がる。認めたくないけれど、彼女のほうがよっぽど勇気があるじゃないか。先輩には選択肢がある。女の子の紬先輩も、男の子の僕も。

「さすがにこれ以上聞くのはまずいなって思って、帰ったんだよね……。だから、そのあとフミヤ先輩がなんて答えたかはわかんないんだけど」

優しいフミヤ先輩の返事が、脳内で勝手に捏造(ねつぞう)されていく。

——ゆっくりお互いを知っていきましょう。……ね、やくそく。

想像の中のふたりが甘ったるく約束を交わす。まるで心臓を誰かに絞られているみたいに、じわじわと痛みが広がっていった。

窓の外の雨を見ながら、僕はベッドの上にあるアルパカの形をしたクッションを抱き寄せた。アルパカの愛らしい顔が、腕の中でいびつに歪んでいく。

「僕さ、フミヤ先輩が好き……。誰にも渡したくないくらい、本当に好き」

「え、知ってるし。チョー今さらなこと言うじゃん……」

「今さらじゃない！　好きだってちゃんと確信したのは、二週間前の文化祭の時だもん！」

気になることと、好きになることは、僕の中ではまったく別物で明確な違いがある。けれど、モモの中ではどっちも一緒らしく、理解しがたいというように「ええ～？」と首を捻っていた。

雨音を背中に感じながら、僕は深いため息をついた。心の中の激しい葛藤が、言葉となって口をついて出る。

「でも、……なんか、もうやめたい」

その言葉を聞いた瞬間、モモの表情が一変した。彼女はベッドの上に飛び乗り、僕の肩をがくがくと揺さぶる。

「は？　何言ってんの⁉」

モモの声には、驚きと怒りが混ざっていた。僕は目を伏せ、胸の痛みを抑えながら言葉を絞り出す。

「だって、なんか怖くなった……。小学生の時、僕が太ってたって知ったら、フミヤ先輩『無理』って言うかもしれないじゃん！　僕よりもかわいい紬先輩のほうがいいって言うかもしれないじゃん！　嫌われたら嫌だ……もうわかんない。なんか胸が苦しくて……辛い……」

現実の声となって僕の言葉が空気を震わすたびに、胸の痛みは増していく。以前は、ただはしゃいで先輩のことを気にかけていただけだった。カッコイイカッコイイと遊ぶように言い合っていた時は、もっと気楽で、単純だったのだ。でも今は、先輩への気持ちの重さに僕自身が押しつぶされそうで、怖くて仕方がない。

「さっちゃん……」

モモは僕の目を覗き込むようにしっかりと見つめ、確かめるような口調で言った。

「じゃあやめんだね？　うちだって、さっちゃんが辛いのやだし！」

「……うぅぅ、やめなぁいぃ！　モモのばか！」

抱きしめていたアルパカのクッションをモモに向かって投げつける。僕は情けなくモモに甘え、八つ当たりをしていた。モモはそこそこ威力のある攻撃をお腹で受け止め、思い切り眉根を寄せる。

「いった！　理不尽きわまりないんだけど！」

彼女は怒ったように声を荒らげたけれど、一瞬、どこか安心したみたいに目を細めたことを知っていた。やめたい、でもやめられない。僕の性格を誰よりもモモはわかっている。

「ちゃんと好きって言いなよ！　ほんとさっちゃんはめんどくさい！」

お返しとばかりに、思い切りアルパカのクッションを投げられる。顔面で受け止めたけれど、まったく痛くはなかった。髪がボサボサになっただけだ。

「やだやだやだ！　怖くて言えるか、そんなの！」

「はぁ⁉　出会ってすぐ、恋愛対象に入るかって聞いてた男の言葉とは思えないんだけどぉ⁉」

「恋愛対象聞くのと、好きって言うのとは全然違うし！」

蓮くんに自分の気持ちを告げて振られた時、僕は僕の好きなものが次々に崩壊し、自分の好きがわからなくなった。もし同じようにフミヤ先輩に否定されて振られたら、僕はまた僕の好きなものをすべて見失ってしまうかもしれない。

「告るのも、諦めんのも、辛いのも、ぜんぶやだぁ！」

もう一度モモにクッションを投げる。往生際が悪い僕の叫びに、モモは力強く返してきた。

「たったひとりライバルが現れたくらいでガタガタ言ってんなよ！　竹内幸朗！　お前ちんこ付いてんだろ！　しっかりしろ！」

「本名で呼ぶなぁ！　ちんこって言うなぁ！」

僕たちがじゃれ合うようにクッションを投げ合っていると、突然テーブルの上でスマホが鳴り始めた。僕と同じようにぼさぼさ頭のモモが画面を覗き込み、極限まで目を丸くする。

「ね、ねぇ、さっちゃん！　先輩！　フミヤ先輩から！　と、取って！　今すぐ出て！」

スマホの画面に浮かび上がる『フミヤ先輩』の文字に、僕の心臓が跳ねた。

「てか、ビデオ通話だよ、さっちゃん！」

「先輩って、なんでこんな時に限っていっつもビデオ通話なわけ⁉」

軽いパニックが僕たちを襲う。僕はベッドから飛び降り、姿見に映る自分を見つめた。銀色の髪は先ほどのモモとのバトルと雨の湿気のせいで膨らみ、リップは無残に取れて、目尻は赤くなっている。

「ビジュ死んでる……終わった……」

「うちが髪やるから、さっちゃん顔面整えて！」

「……うぅ、ありがとモモ」

モモが急いで僕の髪をブラシで梳く間、僕は震える指でマットタイプのリップティントを塗った。血色のなかった唇が、粘膜色（ねんまくいろ）の絶妙に色気のある唇に変身していく。鏡に映る自分を見て、少しずつ自信が湧いてくる。大丈夫、僕は今日もかわいい。

そうしてどうにか着信が切れる前に、通話を繋げることができた。

画面に映るフミヤ先輩の爽やかな笑顔に、心臓が高鳴る。

『さっちゃん、おつかれ。すげぇ雨だね、そっち平気？』

「へ、平気です。……フミヤ先輩、あの、ど、どうしたんですか……？」

必死にいつもどおりの自分を装ったけれど、もしかしたら先輩にはお見通しかもしれない。

どうやら先輩はバイトへ行く直前のようで、ハーフアップにきっちりと髪を整え、今日も悔しいくらい完璧なイケメンの姿になっている。駅の中にある通路の端でビデオ通話を繋いでいるらしく、画面の背景には、時折傘を手に忙しなく行き交う人々の姿が映った。

『ちょっとさっちゃんと話したくて……あれ、なんか部屋がいつもと違くない？』

さすが観察力が鋭い先輩だ。

モモは自分の姿が映らないよう、ベッドの隅っこに座っていた。さっきまでの僕たちの慌ただしさがよほどおかしかったのか、アルパカのクッションを強く抱きしめ、うつむいて必死に笑いを堪えている。クッションはぎゅうぎゅうに押しつぶされ、もはや原形をとどめていない。

「今、モモの部屋にいるんです。今日はお泊まり会で……あ、もちろん、モモとはお友達なんで、泊まりっていってもなんもないんですけど……ご、ご存じのとおり僕はゲイなので……男の人の体にしか、興味がないっていうか、……あ、でも別に男の人全般ってわけじゃなくて……ちゃんと人は選んでるんですけど……」

何言ってんだ、僕のばか。言葉が滑らかに出てこない。なぜこんなことを説明しているのか、自分でもよくわからなくなっていた。

『お泊まり会いいね。土屋が羨ましがるわ。あと、さっちゃんがゲイなのは、結構前から知ってるから大丈夫』

先輩の口元がゆっくりと緩んでいく。白い歯が少し覗く程度の、控えめでありながら魅力的な笑顔。

『モモちゃんもそこにいる？　やっほー、モモちゃーん』

モモはぼさぼさの頭を揺らしてけらけら笑いながら、指先でバッテンの形を作った。

「今はビジュが悪いから、出演NGだそうです」

『ははっ、なんだそれ。じゃあ、また今度オファーすんね』

画面越しの先輩をじっと見つめながら、体が強張るのを感じていた。先輩はいったい何の用事で電話してきたのだろう。

僕の不安とは裏腹に、フミヤ先輩の声が画面越しに柔らかく響く。

『ラインより、直接、顔見て話したほうがいいと思って』

フミヤ先輩のそういう律儀(りちぎ)なところがやっぱり好きだと感じた。そして、それと同時に、最悪の想像が頭をよぎる。

——ごめんね、さっちゃん。俺、彼女ができたから、これからはこんな風に電話できない。

喉の奥に石でも詰まったみたいに、うまく声が出せなかった。

『実は昨日、告白されたんだけどさ』

さらりと告げられた台詞に、全身の血が騒ぎ出す。雨は一層激しさを増し、部屋の空気が一瞬で重くなったように感じる。

「……あ……そ、そう、だったんですか」

咄嗟に知らないフリをした。また嘘をついた自分に対して、少しの嫌悪感(けんおかん)を覚える。

『その子には、俺の正直な気持ちを伝えたから』

フミヤ先輩の隣に立つ、紬先輩の姿が脳裏に浮かんだ。嫌だ、先輩が誰かのものになってしまうなんて。そう思った瞬間、先輩の次の言葉が耳に入る。

『ほかにちゃんと知り合いたい子がいるから、ごめんって』

「……え?」

言葉の意味がよく理解できない。僕は目を見開いたまま、言葉を失った。

『話はそれだけ。あ、やば、普通に遅れるわ。バイト行ってくる。あ、さっちゃん、がんばれって言ってくれる？』

いたずらっ子のように先輩が笑い、僕は話の内容が理解できていない状態で、

「が、がんばってください」と口にしていた。先輩が嬉しそうにうなずく。

『ありがとう。じゃあ、またね、さっちゃん』

返事をする暇もなく、ぱっと通話は切れた。僕はまだ呆然としたまま、暗くなったスマホの画面を見つめている。

「よかったじゃん、さっちゃん！　秒で解決してんのウケる！」

話を隅で聞いていたモモが、満面の笑みで僕に話しかけてくる。

「やっぱフミヤ先輩だよね！　あははは、なんか、うち泣きそうになってきた。ほんっとに誠実だよ、あの人！　マジであの先輩にならさっちゃん任せられるって思った」

モモの言葉に、複雑な感情が込み上げてくる。

「……無理だよ」

「何が?」

「僕ってほんとに嫌なヤツだ……」

先輩が誠実であればあるほど、僕の心に染みついた黒さが浮かび上がるのだ。

楽しそうにしていたモモの顔から、笑顔がゆっくりと消える。

胸が苦しくてしょうがない。すごく傷ついた女の子が存在するのをわかっているのに、心の中では喜んでしまっている。フミヤ先輩にはとても見せられそうもない、醜くて、いびつな僕の心。

「フミヤ先輩はいつも嘘がなくて、誠実で……でも僕は、先輩みたいにきれいじゃいられない……」

素直な気持ちを吐露(とろ)すると、モモは必死に僕を励ましてくれる。

「何言ってんの? どこが? 好きなんだから、ヤキモチ焼くのも、取られたくないって思うのも当たり前じゃん!」

強く首を振って否定する。

今まで先輩に好かれようとしてついてきたたくさんの嘘が、まるで足元に溜まっていくみたいだ。どんどん体を埋め尽くして、今や息さえできない。心配してくれているモモにしがみつき、僕はきつく目を閉じた。

「……どうしよう、モモ。僕は、……先輩に優しくしてもらえるような男の子じゃない……」

いつかきっと神様のバツが下る。

8　フミヤ先輩と神様のバツ

本当に神様のバツが下ったのは、その十日後のこと。

あのお泊まり会の日から、僕の体は重く、心はまるで大きな荷物を背負っているかのようだった。夏の始まりの蒸し暑さが、僕をさらに息苦しくさせる。

――さっちゃんどうした？　最近、なんか元気ないね。

またお弁当を作ってきてくれた先輩が、顔を覗き込んで言う。

――……だ、大丈夫です。ちょっと早い夏バテかもしれないです。

そんな風にフミヤ先輩には、また小さな嘘を重ねてきた。モモにも心配をかけてばかりだ。特にモモは、

「あさ子さんもわかってくれるし、今はさっちゃんと一緒にいる」

今日の放課後デートをキャンセルするとまで言ってくれたけれど、僕は絶対

にだめだと断った。自分の気持ちに正直になれない僕が、今、モモの優しさにすがるのは卑怯だと思ったのだ。

　思えば、僕は見せかけの姿しか先輩に見せられていなかった。それに比べて先輩は、いつも僕に嘘偽り（いつわ）のない姿を見せてくれる。オンモードのカフェ店員の時も、モジャモジャの省エネ系男子高校生の時も、家族のことも、生い立ちだって包み隠さずに。

　いつまでも先輩に嘘はついていられない。でも、自分のことを何もかも晒すのは僕にとってとても難しいことだった。素顔も、素のままの心も、好きな人に見せるのはどうしようもなく怖い。

　本当はフミヤ先輩と一緒に帰りたかった。誘おうとしたラインを書いては消して、結局、諦めた。放課後、小さなため息を吐き、ひとりで校門を通りすぎようとした時。

「幸朗！」

　突然の呼びかけに、僕は驚きのあまり鞄を落としてしまった。振り返ると、そこには思いもよらない人物が立っていて、心臓が悲鳴を上げる。

「……蓮くん」

僕の声は明らかに震えていた。蓮くんの姿を見るのは、あの文化祭の日以来だ。蓮くんが僕の目をしっかりと見据えて言う。

「ちょっとでいいから、話聞いてくれねぇかな。頼むよ、幸朗」

切実さが滲む彼の声に、僕は一瞬躊躇した。でも、彼の真剣な表情に心を動かされたのもたしかだった。

「こ、こっちきて」

フミヤ先輩に見られたくない一心で、僕は蓮くんの腕を掴み、人気のない校舎裏まで引っ張っていった。夕暮れ時の校舎裏には、まだ日中の暑さが残っている。夕日に照らされた蓮くんの長い影。

オレンジ色の光が淡く降り注ぐ中、僕は蓮くんと向き合っていた。頭からつま先までじっと視線を這わされ、ひどく落ち着かない気持ちになる。

「すげぇ変わったな、幸朗。めちゃくちゃかっこいいよ、お前」

「……ありがと」

おそらく蓮くんの記憶にある僕とは、似ても似つかないであろう今の僕の姿。

僕は心の中で、昔の自分を思い出していた。蓮くんのことが好きだったあの時の記憶が、僕の胸を強く締め付ける。

「この前、文化祭でお前に逃げられて、もしかしたらそっとしておくのが、幸朗にとってはいいのかもしれないって思った。でも、やっぱ俺はどうしても謝りたくて」

蓮くんは深呼吸をして、真剣な表情で僕に向き直った。

「幸朗、ごめんな。……せっかく告白してくれたのにひどいこと言って」

僕は何も言わなかった。蓮くんの瞳を眺め、次の言葉を待つ。

「あの時……俺は女の子が好きで、でも幸朗にそれを言ったらもっと傷つけるような気がして、咄嗟にデブだからだめってことにしたらそんなに傷つかないかもって思ったんだ」

申し訳なさそうに、蓮くんが目を伏せた。初めて知る事実に、僕は驚きを隠せなかった。

「は、はぁ……⁉　な、なんで？　んなわけないじゃん！　僕、めっちゃ傷ついたんだけど！　そりゃあ急に告って驚かせたかもしんないけど、女の子が好きなら素直にそう言ってくれればいいし、なんで嘘つくの！」

思わず声を荒らげると、親友だった昔に戻ったみたいに、蓮くんは苦笑いをこぼす。

「だよなー……。冷静に考えたらそうなんだよなー。だけどさ、俺ら、じいちゃんになるまで親友だと思ってて、なのに急に告られてさ、ビビり散らかしちまって……なんか本当のことを言うのが怖くなって……」

蓮くんの言葉に、はっとして口を噤む。僕だって、同じだ。

「あのあと、お前をすごく傷つけたってわかったから、何回も家に行ったんだ」

僕は静かにうなずく。蓮くんが謝りに来てくれていたのを、何度もカーテンの隙間から覗いていた。手紙だって彼は何度もくれたけれど、読まずに捨てていたのだ。あの時の僕はひどく傷ついていて、頑なに会いたくないと突っぱねたのを覚えている。

「……僕は、蓮くんのあの言葉を、一生許せないと思う」

いい思い出だなんて笑って言える未来は絶対来ない。

でも、いい加減、僕は許したかった。言葉を間違えた蓮くんのことも、たかが蓮くんのたったひとことに負けて、好きだったものをすべて放り投げて逃げ出したあの時の僕のことも。

「ぽっちゃりだったあの時の自分も、僕は大好きだった。でも、今の自分のほうがもっと好き」

蓮くんはこくりとうなずく。その瞳の真剣さには、僕をわかってあげたいという蓮くんなりの優しさが見える。

「蓮くんのおかげで今の僕があるなんて絶対言いたくないし、僕は僕がしたいように生きたから今の僕なんだと思ってる」

傲慢な僕の言葉に、蓮くんはおかしそうに笑う。

「うん、わかってるよ、幸朗」

風が強くなり、僕の銀色の髪が揺れた。昔と違う、今の大好きな髪色。

「僕さ、今はさっちゃんなんだよね。だから、蓮くんもさっちゃんって呼んで」

蓮くんは間髪をいれずに、きっぱりと言う。

「嫌だよ。俺ン中で、幸朗は幸朗だから」

すげなく断られ、僕は思わず「ぷっ」と噴き出してしまった。さっきまで全力で謝っていたくせに、本当に悪いと思っていないことには絶対に自分の意志を曲げないのだ。忘れていた蓮くんの強さを改めて思い出し、僕は苦笑いをこぼす。

あんなに暖かった風が、少し冷たくなり始め、僕の頬をかすかに撫でる。蓮くんは柔らかな表情で僕を見据えた。

「好きになってくれてありがとな、幸朗。……あと、たくさん間違えて本当にごめん」

五年越しの謝罪を受け入れ、胸の奥がじんわりと温かくなる。僕は少し照れくさくなって、早口で答えた。

「うん、僕もごめん。謝ってくれたのに、ずっとガン無視して」

蓮くんがくしゃっと笑う。その笑顔は、昔僕が好きだった笑顔そのものだ。

「いいよ、そんなの」

僕たちは笑い合い、ゆっくりと握手を交わした。その瞬間、過去の痛みが少しずつ癒えていくのを感じる。

「僕、蓮くんのその笑った顔が好きだった」

思わず口に出してしまった僕の言葉に、蓮くんは驚いたような、でも少しだけ嬉しそうな表情を見せる。

「でも、今は……もっともーっと好きな人がいるから安心して」

「そっか。よかったな、幸朗。……じゃあ俺、行くわ」

僕はうなずき、小さく手を振った。

「またな、幸朗！　あ、お前のメイド姿、マジでかわいかった！」

「ありがと！　ばいばい、蓮くん！」

蓮くんの背中が遠ざかっていく。その姿を見送りながら、僕の中で何かが静かに終わりを告げたのを感じていた。

　深呼吸をして、帰ろうと踵を返した瞬間、僕の心臓がまた別の意味で大きく跳ねる。

「せ、せせせせ、先輩⁉」

　そこに立っていたのは、フミヤ先輩だった。壁にもたれかかり、何かを考え込むような表情をしている。いったいいつから彼はここにいるのだろうか。

　動揺と恥ずかしさで頬が熱くなる。蓮くんとの会話を聞かれていた可能性を考え、僕は慌てて言葉を紡いだ。

「き、聞こえちゃいましたか……今の話」

　お願い、聞いてないって言ってほしい。僕は強く神様に祈った。ほかの誰に知られたっていい。でも、フミヤ先輩の前だけは、生まれた時から今の今までなんの失敗もない「超絶かわいい完璧な男の子」でいたかったのだ。僕のわがままな願いを神様が叶えてくれるはずがない。

　先輩は笑っていない顔を僕に向け、静かな声で答えた。

「ううん。聞こえちゃったんじゃなくて」

混乱している僕に、先輩は続ける。

「ごめんね、さっちゃん。ぜんぶ聞いてた。俺の意思で聞きたくて、勝手にぜんぶ聞いた。ちょうど君を見かけて一緒に帰ろうって誘おうとした時に、さっきの男の子の手を引いてるの見たから」

嘘のない告白に、僕の心は激しく動揺した。フミヤ先輩が意図的に聞いていたなんて。

夕日に照らされた先輩の顔からは、何も感情が読み取れない。僕は言葉を失ったまま立ち尽くしていた。

空は深い紫色(むらさきいろ)に染まり始め、風はまた少し冷たくなる。フミヤ先輩との沈黙が続く中、僕の心臓は激しく鼓動を打っていた。どれだけの時間が過ぎたのだろう。時間の感覚もわからない。僕はずっとうつむいて、自分のシューズの先を見ていた。

無言の先輩の視線を強く感じる。その視線に押されるように、震える声で言葉を絞り出した。

「せ、先輩には……聞かれたくなかった、です」

「そっか。でも、俺はさっちゃんの口から、今の話をちゃんと聞きたいかな」

先輩の言葉に、僕ははっとして顔を上げた。そして初めて気づいた。バイト用にセットされたハーフアップの髪型。いつもは癖のある前髪で隠れている涼しげな目が、まっすぐに僕を見つめている。そのまなざしの強さに、僕の心臓がまた暴れ出す。

「あの男の子のこと、好きだったの？」

僕はこくりと唾を飲み込んだ。答えたくない。今すぐに逃げ出したい。でも先輩が好きだからこそ、それはできない。

「バイトに行くまで、あと一時間あるよ」

先輩の言葉に、僕の心の中で何かが動き始めた。深呼吸をして、ようやく覚悟を決める。

「……今から、僕の話を聞いてくれますか？　ちょっと長くなりそうですけど」

先輩は深くうなずきながら答えた。

「もちろんです、さっちゃん」


一番星が瞬く夕暮れの空の下、僕たちは校舎の壁に寄りかかっていた。風がまた少し冷たくなり、僕の肌をそっと撫でる。

僕は何から話せばいいのか戸惑いながら、たどたどしく昔話を始めた。小学生の時、今の二倍くらいは太っていたこと。でもその姿も嫌いじゃなかったこと。だけど初めて好きになった蓮くんにデブは嫌だと言われて、その日から不登校になったこと。一度好きなものをすべて手放し、また最初から集め直したこと。今は努力をしてかわいい姿を保っていること。そしてさっき、ようやく蓮くんと和解できたこと。

おもしろくもなんともない、あざとさの欠片(かけら)もない、ただただ僕の恥ずかしい話を、何も繕わず、正直でありのままに話した。フミヤ先輩は茶化さずに、「うん」と相槌を打ちながら、真摯な態度で話を最後まで聞いてくれた。

「ありがとう、さっちゃん。俺に話してくれて」

先輩がどう感じたのか、僕にはさっぱりわからない。でも、まだ言わなければいけないことがある。

「……雨の日」

「ん？」

僕は涙目になって先輩を睨みつけた。

「カンナちゃんたちの傘を借りたあの雨の日、ほんとは鞄の中に折りたたみ傘持ってました」

「……え、そうなの？」

先輩の驚いた表情を見つめ、僕はさらに言葉を重ねた。

「それにモモはひとりの時間なんて大嫌いだし、ひとりになると死んじゃうし、本当は先輩が作ってくれたからあげも死ぬほど食べたかった！」

「え？　でも、さっちゃんからあげは苦手だって……」

「またあの頃の弱い自分に戻っちゃうかもって思ったら、食べられなかったんです！　先輩の作ったからあげ食べたかったのに！　この世の食べ物の中で一番からあげが大好きなのに！」

言葉が止まらない。今まで取り繕って隠していたすべての感情が、堰を切ったように溢れ出す。

「それにお化け屋敷で泣いてたのは先輩のせいじゃなくて、蓮くんと鉢合わせして動揺してたからだし！　先輩が紬先輩に告白されたのも、モモに聞いて知ってたし！　フミヤ先輩が取られちゃうってすごく嫉妬したし！　でも紬先輩のこと振ったたって聞いて、心の中ですごく喜んじゃったりして……ほんとに、僕は嫌なヤツで……」

涙がぽろりと頬を伝う。感情が抑えきれない。水分で曇る視界の中、フミヤ先輩の姿がぼんやりと揺れている。

「ほ、ほかにもいっぱい嘘つきました！　先輩によく思われたくて、もっと近づきたくて、たくさん嘘をつきました……！　今だって、シフォンブラウンのカラコンしてるし、アイラインで目もでかく見せてるし、ハイライトも入れて鼻も高く見せてるし……色つきのリップだって……してるし……」

心の奥底にあったすべてが剥がれ落ちていくみたいだ。僕は立っていられなくなり、地面に倒れるようにしゃがみ込んだ。冷たい土と草の感触が、僕の手のひらに触れる。

「ごめんなさい……　ゆ、許してください……先輩」

声が震える。メイクは崩れ、鼻水まで垂れてきて、最悪な姿だとわかっていた。だけど、もう取り繕う力も残っていない。

修繕のしようもないほどに嫌われたかもしれない。

さっちゃんのことはこれ以上何も知りたくない、そう言われるかもしれない。

でも、僕は心からフミヤ先輩が好きだった。どんなに拒絶されたとしても、僕のフミヤ先輩に対しての『好き』はもう二度と揺るがないだろう。

怖いけれど、僕はフミヤ先輩が好き。

小さくしゃくり上げた僕の隣に、フミヤ先輩がしゃがみ込んだ。夜の風が先輩の黒髪を軽く揺らしている。

「いいよ、許す」

先輩の声は、驚くほど軽やかだった。

「そ、そんな……簡単に」

僕は信じられない思いで先輩を見上げる。

「別に全然許せる嘘だよ。俺が悲しくなるのは、人を傷つける嘘だから」

先輩の言葉を受け、小さな希望が僕の心に灯った。でも、まだ不安が消えたわけじゃない。

「ひ、人を傷つける嘘って、たとえばどんな嘘ですか?」

「……あー、そうだね」

先輩は言いづらそうに苦笑いをこぼすと、「それについては、また今度話すわ」とお茶を濁すように言う。僕は少しだけ引っかかったものの、それよりも別のことが気になっていた。

「じゃあ、……ぼ、僕が小学生の頃、太ってたって……フミヤ先輩に黙ってたのは嫌じゃないんですか？」

恐る恐る聞く僕に、先輩は優しく微笑んだ。

「嫌なわけないじゃん。写真ある？　ぷくぷくさっちゃんも見てみたい」

まさか、この人は、すべてを受け入れるつもりなのだろうか。信じられない思いで、僕は彼を見つめた。

「ていうか、それも気になるんだけどさ、さっちゃん。さっき言ってた『もっとも一っと好きな人』って誰のこと？」

急に路線変更された突然の質問に、僕は顔が熱くなるのを感じた。でも、隠す手立ては何も持っていない。

「……それは――」

フミヤ先輩のことです、そう言おうとした僕を遮り、先輩はからりとした笑顔を浮かべた。

「ごめん、待って。やっぱ、俺から言わせて」

先輩はしゃがんでいた僕の腕を引いて立たせると、ふうっと少しだけ息を吐き、意を決するように僕を見る。

「……俺さ、なんか空っぽの人間なんだよね。バイト入れないとマジでやる気出ないし、母親が入院してからはますますバイト以外やる気出なくて鬱っぽくなってた。でも、今はさっちゃんがいるからがんばれてる」

僕はひっそりと息を呑んだ。フミヤ先輩の心の内を、初めて知ったような気がした。先輩の目には、どこかさみしそうな、でも温かな光がある。

「さっちゃんが初めて俺に声をかけてくれた時、どれほど勇気を出してくれたんだろうっていつも考えるよ」

フミヤ先輩の言葉が、静かに夜風に乗って僕の耳に届いた。

「君の勇気は、泣きたくなるくらいかわいい」

心臓が激しく鼓動を打つ。期待と不安が入り混じり、胸が破裂しそうだ。

「うれしかったんだ、俺。さっちゃんが今まで俺に言ってくれた言葉、ぜんぶ覚えてるよ」

僕だって覚えている。先輩が言ってくれた言葉。先輩との思い出が、走馬灯のように脳裏を駆け巡る。

――よしよし、さっちゃん。がんばっててえらいね。

あの時の先輩の大きな手の温もりが、今でも肌に残っている。

――謝んないでよ、さっちゃん。その分、かっこいいって言って。さっちゃんが言ってくれたら、もっとがんばれるよ、俺。

ふたりきりで歩いたあの夜の匂い。

――さっちゃんの膝が一番いい。

僕が拗ねているのに、楽しそうに口角を上げていた先輩。

――本当は俺だって、君のメイド姿、ほかの男に見られたくなかったよ。

ふいに感じた、男らしくて強いまなざし。

「さっちゃんに出会ってから、毎日楽しい。これってすごいことだよ。こんなに楽しいって思えるのは、君がいるからだ。怒ってるさっちゃんも、泣いてるさっちゃんも、いじけてるさっちゃんも、笑ってるさっちゃんも、あざといさっちゃんも、ぜんぶぜんぶ俺が欲しい」

僕だって、僕だって、僕だって。心ばかりが焦って、何も言葉にならない。止まったと思った涙が、またじわじわと込み上げてくる。

「ゆっくりお互いを知っていこうって、前に約束したね」

あの日の約束を思い出す。僕を優しく包み込んでくれた先輩の甘い声。

――ゆっくりお互いを知っていきましょう。……ね、やくそく。

「けっこう、お互いのこと、わかってきたと思うんだ。どうかな？」

僕は、涙で濡れた顔で、先輩の言葉に小さくうなずいた。

「さっちゃん」

先輩の目が、情けない僕の姿を映し出す。

「俺はさっちゃんが好きです。俺と付き合ってください」

誠実で、とてもシンプルで、かっこいい。フミヤ先輩らしい告白だった。

時が止まったかのような静けさ。先輩は僕の返事を、ずっと待ってくれている。僕は激しく鼓動する心臓を押さえ、何度も嗚咽（おえつ）を繰り返した。そして、やっとのことで言葉を絞り出す。

「……はい」

何、この奇跡。

先輩が僕を好きだなんて、こんな奇跡ありえない。

「やった」

フミヤ先輩の嬉しそうな笑顔が、学校の外灯に照らされて輝いて見える。僕の胸の中で、喜びと恥ずかしさと動揺が、ぐるぐると駆け回っている。視線がまるで定まらない。挙動不審(きょどうふしん)な様子で周りを見回しながら、僕は言葉を紡いだ。

「ぼ、僕だって、すごく嬉しいです！　……で、でも、メイクぐちゃぐちゃだし……鼻水垂れてるし……僕のタイミング的にどうかなって思うんですよね！い、いったんメイク直してきてもいいですか？　先輩の前では常にかわいくいたいので、……い、今の状況は大変遺憾(いかん)です！」

文句を口にした瞬間、予想もしなかったことが起こった。フミヤ先輩の唇が近づき、そっと僕の唇に触れ――なかった。

「あっぷねぇ……」

フミヤ先輩は唇が触れ合うギリギリで一歩後ずさり、僕との間にわずかな距離を作った。僕は何が起きたのか理解できず、ただ呆然と先輩を見つめるばかりだ。

「今のはマジでやばかった。……さっちゃんがかわいすぎて、勝手にキスするとこだったわ。ほんとごめんね、さっちゃん」

先輩は自分自身を落ち着かせるように深呼吸をすると、僕に真面目なまなざしを寄越した。

「改めまして……さっちゃん、キスしてもいい？」

丁寧で、優しい声色。彼の瞳に映る思いの深さに、僕は胸が締め付けられるような感覚を覚えた。先輩への思いが溢れる。やっぱり、フミヤ先輩はとことん誠実で優しい人間だ。

僕も、先輩とキスがしたい。

頬を赤く染めながら小さくうなずくと、先輩は嬉しそうに僕に近づいた。

ぴったりと寄り添うように触れ合う僕たちの体に、心臓が痛いほどにわななく。

「あの、でもメイクがぐちゃぐちゃ――」

直前で怖気づいた僕の言い訳は、先輩の唇に塞がれてしまった。ほんの一秒の、小さな触れ合い。でも、その一瞬で僕の体は、真夏のチョコレートみたいにどろどろに溶かされてしまった。

唇を離した先輩が、吐息の伝わる距離でささやく。

「かわいいよ、さっちゃん。メイクぐちゃぐちゃでも、鼻水垂れてても。俺の思うさっちゃんのかわいさって無限大だから」

悪びれもせずそう言う先輩に、僕の顔はさらに紅潮していった。思わずフミヤ先輩の腕を軽く叩いてしまったが、力が入っていなかったのか、先輩は嬉しそうに僕の手を捕まえて笑っている。

「キスされたあとのさっちゃんもすげぇかわいいわ。ちょっと世間には見せられないレベル」

「先輩、意味わかんないし……」

どうしたって力が入らない。先輩は僕の手に指を絡ませ、さらに優しい笑顔を浮かべる。

メイクは崩れ、鼻水が垂れていても、フミヤ先輩の目に映る僕は、どうやらかわいいらしい。信じられない話だけれど、僕はもう疑うのはやめにした。だって、フミヤ先輩はいつだって僕に嘘をつかない。

勇気を振り絞って、フミヤ先輩の目をまっすぐ見つめた。

「フミヤ先輩」

言葉が喉まで出かかり、一瞬躊躇う。でも、もう後戻りはできない。

「今さらですけど、……僕、重くてすごくめんどくさいですよ」

僕は先輩をちらりと見据えながら、鞄からティッシュを取り出した。先輩は流れるような動作で僕の手からティッシュを奪うと、優しく丁寧に僕の涙と鼻水を拭い始める。僕は目を閉じて、先輩の手に身を委ねた。

「んー？『あざとい』って思ったことはあるけど、さっちゃんに対して『重い』とか『めんどくさい』っていう感情にはなったことがないから、わかんねーわ」

「……えー」

おもむろに目を開ける。先輩の言葉に、僕は驚きを隠せなかった。

「モモには『さっちゃんはめんどくさい』っていつも言われてますよ、僕」

こんなにも広い心を持った人がいるのかと、一般人である僕の基準がばからしくなるほどだ。先輩の僕に対する評価は、まるでがばがばで心配になってしまう。

「……嫉妬もすごくします」

小さな声で告白すると、先輩は意外な反応を見せた。

「それは知ってる。だから、俄然燃えるんだけど」

知られていたのか。そう思う羞恥心と、言動から見え隠れする先輩の雄々しさに、胸がギュンと激しい音を立てるようだった。

「拗ねてる時わかりやすいから、誰かさんは」

からかうような目線を投げられ、ドクンと心臓が跳ねた。いったいどれだけ見透かされていたのだろう。目を合わせて探ろうとしたら、先輩の切れ長で涼しげな瞳に、危うく吸い込まれそうになる。

「俺からも言わせて、さっちゃん」

フミヤ先輩の表情を見て、冗談ではない真剣な感情が宿っているのを察知した。

「たぶん俺のほうが、はるかに重い」

どこか切実さが混じっている先輩の声。

「俺より先に死んだら許せないし、急に俺の前からいなくなったら見つかるまで探すし、車の自損事故とかマジでやめてね」

「……な、なんの話ですか、それ」

「俺の周りにいる大人の話」

その瞬間、先輩の心の奥底に潜む深い孤独のようなものが、ふっと僕の心に伝わってきた。亡くなってしまった先輩のお父さん、いなくなってしまった次のお父さん、自損事故に遭ってしまったらしい先輩のお母さん。先輩は普段、家族について話すことはなかったけれど、日々僕が知らないさみしさに触れているのかもしれない。こんなのただの想像だ。でも、愛おしさがいくつも込み上げ、無視できなくなっている。

先輩の手に触れた。その手を強く握って誓う。

「僕は先輩より先に死にませんし、急にいなくなりませんし、車の自損事故はしません。ていうか、免許は先輩が取って、僕をドライブに連れていってください。フラワーガーデンとか、おいしいパフェがあるお店とか、アウトレットモールとかがいいです。よろしくお願いします」

強張っていた先輩の表情が、ほっとするくらい柔らかくなる。

「いいね。一緒に行こう、さっちゃん」

フミヤ先輩の顔に浮かぶ、力の抜けた少年のような笑顔。その表情を今、この瞬間、僕だけが独占しているのだと思うと、胸が高鳴り、嬉しさで目眩すら感じてしまう。

僕は上目づかいで先輩の瞳を覗き込んだ。リップが取れてしまった唇を小さく舐めながら、震える声で言う。

「……先輩、もう一回」

「ん?」

先輩の困惑した表情に、さらに勇気を出して続ける。

「もう一回、……キスしてください、先輩」

先輩は小さく息を吐くと、神妙な顔つきで僕の体を引き寄せた。先輩の舌が僕の口の中に入ってくる。誰もいない校舎裏の隅っこ。遠くに聞こえる生徒たちの声も、野球部のかけ声も、もはやどうでもいい。先輩の体にしがみつき、僕はまぶたを閉じて先輩の舌の感触を味わった。

先輩の肩甲骨(けんこうこつ)、背骨、腰の筋肉。自分ではない、先輩の体に触れるたび、自分の中の細胞が新しく作り変えられていくみたいだった。恋しくて、愛しくて、自分以外の誰かに、こんなにも影響を受けてしまっていることへの出口のない怖さと喜びを強く実感する。

貪るようにキスを交わすうちに、息苦しさを感じ始める。息を切らして、先輩の胸を強く押し返すと、フミヤ先輩は、

「苦しくなっちゃった？」

と、まるで子どもをあやすように尋ねてきた。

目に見えてわかる経験の差に、苛立ちともどかしさを感じる。でも、ここのところいろいろと学んだ僕は、取り繕うことなく、素直に言葉を吐き出した。

「ぼ、僕にはレベルが高いので、今日はもうおしまいにします……」

きっと次はもっと上手にできるはずだ。

「……ん、わかった」

そんなに愛おしそうに笑わないでほしい。思わず照れくささに視線をさまよわせ、僕は学校の時計塔(とう)に目を合わせた。その途端、現実に引き戻される。

「せ、先輩、大変です！　バイトの時間……！」

バイトが始まるまで、あと二十分もない。名残惜(なごりお)しいけれども、ゆっくりもしていられそうになかった。僕が歩き出すと、先輩はなぜか僕の手を掴んでもう一度僕を抱きしめた。

「え、ちょ、先輩……？」

「えー、やばい、バイト行きたくない……。俺、初めて思ったかも」

「……何を言って」

「さっちゃんと一緒にいたい。やだ。行きたくない」

冗談さを感じられない、本気の言葉。先輩の台詞に驚きつつも、なんだかかわいらしく感じてしまう。本気で駄々をこねるフミヤ先輩はとても珍しくて、僕はにやけ顔を抑えながら「でも、行かないと」そう発破をかける。

「俺にバイト行きたくないって思わせた唯一の男、それが竹内幸朗」

「フルネームで呼ぶな……」

照れを隠すように言い返しつつ、僕は先輩の背中に両手をぎゅっと伸ばして励ました。

「がんばってください、フミヤ先輩。バイトしてる時の先輩って、めちゃくちゃかっこよくて大好きです。……今日も見てます、僕。あの席に座って先輩のことずっと」

カフェで店員をしているフミヤ先輩に出会ったあの日から、僕はあなたに夢中だ。愛しい気持ちを込め、心から先輩を尊敬の目で見つめると、先輩は観念したみたいに笑った。

「……今のは効いた」

ぐぐっと背伸びをして、首をポキポキと鳴らすと、「うっしゃ、やるか」と先輩がオンモードに変わる。

「おいで。一緒にバイト先まで行こう。俺のお客様で、俺の後輩で、俺のメイドさんで、俺の恋人のさっちゃん」

僕は先輩に向かって元気いっぱいに言う。

「なげーよ！」

9　フミヤ先輩の恋人

放課後に寄った『Cafe Miracle』で、僕は深呼吸をした。僕の隣には、もじゃもじゃのフミヤ先輩が無言で座っており、そして目の前には何も知らされておらず、いまだ状況を理解できていない混乱気味のモモがいた。

「……あれ、もしかして今日って、『ただ三人で集まってお茶しよ～』って感じじゃ……ない、です？」

フミヤ先輩は深刻そうに「実は……そうなんだよね」とつぶやく。どうやら興味があるものにはどんな状況でも楽しんでしまう、先輩の悪い癖が出ているみたいだ。僕はこれ以上モモを脅かすのはかわいそうになって、

「えーと、僕たちからモモに報告があります」

と、話を切り出した。モモは真剣な僕とフミヤ先輩の態度を見て、ひどく身

構えながら「え、何……」と視線をさまよわせる。

「このたび、フミヤ先輩と僕は……お付き合いすることとなりました」

言葉にした瞬間、頬が熱くなり、夢を見ているような感覚に襲われる。

昨日の放課後、僕とフミヤ先輩は恋人同士になった。自分自身もいまだに信じられないでいる事実をモモに伝えると、モモは驚いたような表情を浮かべて声を失う。

学校でも言えるタイミングはたくさんあったけれど、親友のモモにはきちんと僕とフミヤ先輩から報告がしたかった。

「……え、ほんとに？」

震える声で問いかけてくるモモに、フミヤ先輩は優しく「うん、ほんと」と微笑む。モモの興奮は収まる気配がない。目を丸くし、口をパクパクさせながら、次々と言葉を吐き出す。

「え、待って。さっちゃん、おめでとう！　え、待って無理。なんでもっと早く言わないの⁉　もう、めっちゃビビったじゃん！　え、待って、Wデート行こ！　え、え、え、待って、やばい！　祝杯！　え、待って、無理！」

　まるで壊れたロボットのようだ。昨日の僕よりも、もしかしたら今のモモのほうが動揺しているかもしれない。僕の幸せを、こんなにも喜んでくれる友人がいることに、素直な感謝の気持ちが込み上げてくる。

「……やばい」

　モモはぽつりとつぶやくと、今度は電池が切れたみたいに動かなくなった。心配して顔を覗き込む。モモはメイクが崩れるのも気にせず、涙をぽろぽろと流していた。感情の起伏が激しすぎる友人に、声を出して笑う。優しいフミヤ先輩は、すかさずモモにペーパーナプキンを渡していた。

「モモは感受性豊かすぎ。なんで泣いてんの」

　僕の問いかけに、モモは鼻をすすりながら答えた。

「だって……ッ！　ほんっとによかったねぇ、さっちゃん！　なんかうち、ずっと、さっちゃんに恋人ができるなら、絶対百点満点……むしろ百点超えてくる男じゃないとやんねぇぞってオラついてたけどさ、フミヤ先輩なら全然

オッケーだし、むしろ早くもらってほしかったまである」

モモの言葉に、僕は心から同意した。隣にいるフミヤ先輩を見つめると、胸がキュンキュンしてしまう。本当に素晴らしい人と出会えたんだと、改めて実感していた。

「フミヤ先輩、さっちゃんのこと、よろしくお願いします」

モモはフミヤ先輩にぺこりと頭を下げた。

「うん、わかった。任せて、モモちゃん」

先輩はもじゃもじゃの前髪の奥で、涼しげな瞳を柔らかく細める。

「……ありがとね、モモ。いろいろ応援してくれて」

僕がうだうだと悩んで、心配をかけた時もたくさんあったけれど……。感謝の言葉を口にすると、モモは潤んだ瞳を輝かせて提案してきた。

「ふふ、お祝いしよー、さっちゃん。みんなでなんか食べましょー！」

僕は嬉しくなってうなずいた。そして、まだ笑いながら涙を流し続けるモモを見て、からかうように言う。

「ねー、泣くなって。モモの目が腫れたら、僕があさ子さんに怒られちゃうよ」

「こういう時くらいいいんだよ、幸朗ー。嬉しいんだから、泣かせろばかー」

僕たちは顔を見合わせて、ずっと笑い合っていた。そこに、エプロンを着けた三十代くらいの女性が慌てて駆け寄ってくる。

「フミヤ！　せっかく寛いでるとこ、ほんとにごめん！　今、いい？」

「いいですけど……店長、どうしたんすか？」

どうやら彼女がこのカフェの店長らしい。モモと僕は目を丸くして、フミヤ先輩と店長を交互に見つめた。

「パートさん、子どもから風邪もらっちゃったみたいでさ。悪いんだけど、今からちょっとだけ、バイト出られる……？」

フミヤ先輩は店長にそう言われると、申し訳なさそうに僕のほうを振り向く。

僕は先輩が言葉を発する前に、笑顔で言い放った。

「行ってください、先輩。僕、働いてる先輩を見るの大好きだから」

先輩はほっとしたように眉尻を下げる。

「ごめん、さっちゃん。モモちゃんも」

「ぜんぜん！　またいつでも時間はありますし！」

モモの言葉に小さくフミヤ先輩はうなずき、さっと立ち上がった。手首につけたゴムを外し、いつものようにハーフアップに髪をセットする。もじゃもじゃだった先輩が、オンモードに変わる。カチッとスイッチが入った音が聞こえるみたいだった。

イケメンになった先輩は、「またあとでね、さっちゃん」と僕の耳にささやいてからカウンターへと向かう。カフェで働く先輩の姿は、やっぱりどうしようもなくかっこいい。

「もー、めちゃくちゃ好きじゃん、フミヤ先輩のこと！」

今度は僕がモモにからかわれる番だ。僕は真っ赤な顔でうなずいて、大好きなフミヤ先輩の後ろ姿を初めて会った時のようにずっと目で追っていた。

お昼休み。雲の隙間から眩しい夏の陽光が降り注ぐ屋上。空には澄み切った青空と入道雲。

僕とフミヤ先輩はいつもの指定席、給水タンクの影にふたり並んで座っている。あまりに熱かったら教室に戻って食べようと計画していたけれど、屋上に吹いている風は涼しくて、これなら大丈夫そうだと安堵する。

フミヤ先輩は手首につけていた髪ゴムを取り出し、僕のために髪をハーフアップにしてくれた。しかもヤキモチ焼きな僕のために、午後には髪型をもじゃもじゃに戻してくれるらしく、ちょっと……というか、かなり恋人に甘すぎるんじゃないかと思ってしまう。

この前だってそうだった。先輩を僕の家に招待した時の話だ。

夏の陽射しが強い午後、僕はフミヤ先輩を初めて自宅に招待した。玄関の扉を開けてエントランスホールに入ると、先輩は少し呆気にとられたようにつぶやく。

「さっちゃんち、めちゃくちゃでかいね。え……お城？　さっちゃんキャッスル？」

先輩の感想を受け、少し照れくさくなる。たしかに、うちは一般的な家よりは大きいかもしれないけれど……。

「さすがにお城は大袈裟です」

笑いながら答えた僕は、先輩を家の中へ案内した。リビングルーム、庭のプール、書斎(しょさい)、ホームシアタールームにカラオケルーム、そしてランニングルームと順番に見せていく。それぞれの部屋に入るたびに、先輩の驚きの声が響く。案内を終えた最後、先輩はちょっと恐縮したように笑った。

「なんか、俺んちに招待したの申し訳なくなってきたわ」

先輩がさみしそうに笑うから、僕は少し焦ってしまった。そんな風に思わせるつもりじゃなかったのに。ぐっと唇を引き結び、先輩の指先に触れる。

「どうした、さっちゃん？」

「……そんなこと言わないでください。先輩が僕に教えてくれたように、僕も先輩に家のことを知ってもらいたかったんです。僕は、先輩の家に遊びに行けて、本当に嬉しかったので、……それだけはちゃんとわかってほしいです」

僕が真剣な表情で伝えると、先輩は僕の手を握り返して反省したように言った。

「あー、マジでごめん。今の発言はよくなかったね。俺も今日ここに来られてよかったし、さっちゃんに家に来てもらったのも、すげぇ嬉しかったよ」

ちゃんと言葉で伝えれば、先輩は僕の気持ちを受け取ってくれる。その強い信頼感とときめきは、ほかの誰にも感じられないことだ。

「それに、うちにはたこ焼き機がありませんし、たこ焼きを焼ける人間がひとりもいません」

「それは一大事だ。いつでも俺を呼んで」

「……ふふ。ねぇ、先輩、来てください。先輩に見せたいものがあるんです」

僕は彼を自分の部屋に連れていき、その日の目的だったものを見せた。若干緊張しながら、先輩の前に昔のアルバムを差し出す。

「えー、うれしい。俺に見せてくれるんだ、さっちゃん」

先輩は静かにアルバムをめくり始めた。一枚、一枚アルバムのページがめくられるたび、僕の緊張も増していく。

「うわ、ぷくぷくさっちゃんじゃん。想像以上にかわいいな、天使だ」

先輩が見ていたのは、オーバーオールを着て、ソフトクリームを食べている小学四年生の僕だった。じっとフミヤ先輩の表情を見据えたけれど、嘘を言っているようには見えない。どこかほっとして、僕は言った。

「この頃の僕は、マシュマロみたいな触り心地だったんですよ。前にも言いましたけど、この時はこの時で僕は自分のことが好きでした」

先輩はにこりと微笑み、

「へぇー触りてぇな。マシュマロのさっちゃん」

と、何の気なしに言った。先輩の言葉に、僕は思わず余計な想像をしてしまい、咳(せ)き込んでしまった。

先輩はおかしそうに笑って、「大丈夫？」と僕の背中をさする。

「……すみません。先輩の言葉が、なんかエッチに聞こえてしまって」

恥ずかしさと期待が入り混じった気持ちで、僕は正直に告白した。

「いや、そっちの意味に決まってるでしょ。そりゃあ、さっちゃん相手だもん」

先輩の爽やかな返事に、僕は内心で「さすがフミヤ先輩だ」と思わずにはいられなかった。こういう風に軽やかに言い退けるのが、貞文哉という人間なのだ。

その後、僕たちは部屋で少し……いや、たくさんキスをした。でも、それ以上進むことはなく、健全な時間を過ごせた、と思う。

帰り際、僕は先輩を両親に会わせた。うちのパパとママは世間的に言わせれば、かなりふくよかなタイプだ。でも、心が東京ドーム五十個分くらいに広すぎる先輩には、そんな事実はどうでもいいらしい。ママは僕の唇の形が、パパは僕の目の形がよく似ていると、楽しそうに話していた。

呆気にとられてしまうくらい、先輩はすぐにうちの両親に気に入られてしまった。さり気ない優しさと抜群のコミュニケーション能力。そういうところがオンモードの先輩の怖いところだ。懐(ふところ)が深すぎて、僕はいつか彼の心の中で溺れてしまうかもしれない。

屋上から見える空に、ゆっくりと雲が流れていく。僕はいつかの先輩の優しさを思い出しながら、興味津々になってフミヤ先輩に尋ねた。

「今日のお弁当はなんですか？」

先輩はもったいぶるように、にやりと口角を上げた。

「知りたい？」

「知りたいです！　早く、先輩」

「じゃじゃーん、今日のお弁当はヘルシーからあげ弁当でーす」

「……えっ⁉」

弁当箱から漂う香ばしい匂いに、僕は思わず身を乗り出す。しかし、同時にかすかな不安も胸をよぎった。

「せ、先輩、これ」

「ほんとは世界で一番好きなんでしょ？　鶏胸だからカロリー控えめだよ、さっちゃん」

おいしそうなお弁当箱を覗いて、ぎゅっとフォークを握りしめる。

「一番大好きだけど、まだやっぱりちょっと怖いです。食べたら、またあの時の弱かった自分に戻っちゃうような気がして……」

好きなものを手放してしまった、過去の自分を思い出す。だけど、先輩の夏の空みたいにからりとした声が、僕の不安を打ち消してくれた。

「戻んないよ、さっちゃん。今の君は大丈夫。だめだったら言ってよ、俺が隣にいるから」

僕は笑ってうなずいた。たしかにそうだ、今の僕は違う。自分の好きなものがわかっているし、何より心強い恋人がいる。

「先輩、朝から僕のために揚げてくれたんですか……？　こんな暑い中？　忙しいのに？」

「え、別にそんなたいしたことじゃないって」

「たいしたことですよ！」

僕の恋人は優秀すぎる。先輩への愛おしさで、泣いてしまいそうだ。

「フミヤ先輩、……先輩が食べさせてください」

僕はフォークを先輩に渡して、魅力的に見えるよう微笑んでみせた。実際にそう思われているかは知らない。先輩が笑ってくれればそれでいい。

「ははっ、あざと」

先輩は案の定、楽しそうに笑いながら、フォークにからあげを刺してゆっくりと僕の口に近づけた。

「あーん」

僕は大きく口を開け、からあげを頬張る。口の中に広がる懐かしい味。目を閉じて、久しぶりにじっくりと味わった。

「おいしい……。めちゃくちゃおいしいです……！　鶏胸なのにめちゃくちゃジューシー！　感動を覚えるレベルなんですけど！　先輩ってマジで天才！」

「よかった。さっちゃんが喜んでくれて」

先輩の優しいまなざしに包まれながら、僕は幸せを噛みしめる。青空の下、大好きな人と一緒に食べるお弁当、これ以上の幸せはきっとない。だからこそ、僕の心には小さな不安が芽生えていた。

「フミヤ先輩……」

「ん？　何？」

僕は姿勢を正し、フミヤ先輩と向き合った。周りの喧騒が遠く聞こえる中、ここではふたりだけの静かな時間が流れている。

「あの……僕といて無理してないですか？　先輩にたくさん優しくしてもらってるけど、僕は先輩に何も返してあげられてない気がします……」

言葉に詰まりながら、先輩の顔を見上げる。先輩は刹那(せつな)の間、驚いたような表情を浮かべ、その後、心に染み入るような優しい笑顔を見せた。

「何言ってんの。全然無理してないって」

「……ほんとに？」

「ほんとほんと。俺の場合、やりたいこととやりたくないことが、ハッキリしてるだけだから。さっちゃんも俺の省エネ具合知ってんじゃん。やりたくないことはマジでなんもやってないよ。俺はいつもやりたいことしかできない」

先輩の言葉に、僕は少しだけ胸を撫で下ろした。たしかに、普段の先輩は驚くほど省エネな一面を見せることがある。でも、いつだって僕に対しては常に全力で向き合ってくれていた。嬉しさに顔がにやける。そんな僕の思いを察したのか、先輩は何か企みがあるような顔で笑った。

「でもさ」

「……でも？」

先輩の言葉に、僕は思わず身を乗り出す。

「お礼に、アレが欲しいかな」

「……アレ？　なんですか？」

僕が戸惑いの表情を浮かべると、先輩は人差し指で僕の膝にちょこんと触れた。その仕草の意味を理解して笑みがこぼれる。

「そんなんでいいんですか？」

嬉しさと照れが混ざった声で言いながら、先輩に向かって膝を差し出した。

「どうぞ、お坊ちゃま」

「えぐい……メイドさん仕様じゃん。エッ――」

「『エッチだねおじさん』降臨させなくていいですから。先輩、早く」

「ははっ、じゃあ、遠慮なく」

先輩は長い足を伸ばして横になり、ゆっくりと僕の膝に頭を乗せた。その重みが、先輩の存在をより一層僕に実感させてくれる。

先輩の作ってくれたお弁当を手に取ると、幸せな気持ちに包まれていった。からあげの香ばしい匂いが鼻をくすぐる。もう一度、

「いただきます」

と、ありったけの感謝の気持ちを込めてからあげを頬張ると、先輩は笑いな

がら静かに目を閉じた。

屋上での幸せな時間が終わり、僕たちは非常階段を下りていた。先輩の作ってくれたからあげの味が、まだ口の中に残っている。その余韻に浸りながら、僕は階段を一段一段、軽快に下りていく。

先を歩いていた先輩が、ふと立ち止まって振り返った。その表情にはどこか楽しげな雰囲気が漂っている。

「ねぇ、さっちゃん。今度は鶏もも肉で作るから、揚げたて食べに来てよ。俺んちに」

先輩の誘いに、僕の心はますます躍った。

「行きたい！　カンナちゃんとユキナちゃんにも会いたいです。あと先輩のママさんにも」

先輩のお母さんは無事に退院したらしい。怪我が治って一安心したのか、先輩の表情もいつもより明るい気がする。

浮かれた気分で階段を降りようとした瞬間、静かに手首を掴まれた。

「今度はする気あるし、する時はするけどね」

先輩の声は低く、少し掠れていた。その言葉の意味を理解するのに、少し時間を要する。

「……え」

目を細めた先輩を見つめ、僕は思わず息を呑んだ。先輩の部屋で聞いたあの時の言葉が、鮮明によみがえる。

——なんもする気ないけど、する時はするよ。でも、今はしない。

言葉の意味が染みわたり、僕の体温が一気に上昇する。頬が熱くなるのを感じながら、先輩の次の言葉を待った。

「もちろん焦るつもりはないよ。ほら、さっちゃんがたくさんからあげ食べられるように、運動もいろいろと付き合うよってことで」

実際には何もわかっていなかったけれど、

「……わ、わかりました」

僕はやっとの思いで返事をする。『いろいろと』の言葉の中にどんな行為が含まれているのか、今はまだ聞かないほうがいいだろう。

「はは、顔真っ赤」

「……ち、違います！　これはチークです。ソフトモーヴピンクのやつ……」

明らかに嘘をついた僕を、先輩は決して咎めない。

「へぇ、ソフトモーヴピンク。初めて聞いた。何色なのそれ」

「くすみがかったピンクです。灰色がかった紫にピンクを足した感じ。上品で、甘くなりすぎない」

「うん、覚えた」

先輩は爽やかに笑いながら、僕の腰に手を伸ばした。驚いている間に、ぴったりと体が寄り添う距離まで引き寄せられ、僕は息が止まりそうになる。先輩が一段下にいるため、いつもより僕の目線が高くて、すぐ近くに先輩の瞳を感じられた。

「ソフトモーヴピンク色のさっちゃんがかわいいから、キスしたくなった。しちゃだめ？」

先輩はずるい。そんな風に優しく聞かれては、断る理由が見つからない。

「だ、誰も見てなかったら……いいですよ」

小さな声で答えると、先輩は周りを確認した。

「ん、大丈夫。誰もいない」

僕がこくりとうなずいたのを見て、先輩は軽く唇を重ねてきた。とても短い時間だったけれど、先輩の唇の感触がしっかりと僕の唇に刻まれる。

「先輩、なんか最近あざとくないですか……」

今でさえ大変なのに、これ以上好きにされては困ってしまう。唇を尖らせて僕が言うと、先輩はけらけらと笑った。

「そう？　さっちゃんに似てきたかな」

返す言葉を失って、むっと唇を閉ざす。普段なら得意のあざとさを発揮できるはずなのに、今は顔を真っ赤にするばかりだ。

「俺のせいでリップとれたわ」

フミヤ先輩は躊躇なく僕の巾着袋に手を伸ばし、リップを取り出した。その自然な仕草に、僕は少し驚きつつも、先輩のされるがままになっている。

「こういうこと、今井にさせてない？」

僕の唇にリップを塗りながら、先輩が言う。

「……させてないです。どうして今井が出てくるんですか」

「さて、どうしてでしょうか」

先輩は逆に問いかけてくると、「これは何色？」とさらに尋ねてきた。

「コーラルピンクです」

「いい色だね」

以前塗ってくれた時より、少し手慣れてきたような気がする。あの時も、今も、指先から感じる優しさは変わらないけれど。

「よし、できた。似合うよ、さっちゃん」

僕は急に怖くなってしまった。先輩の制服のシャツを小さく握り、感謝より先に抗議の声を上げる。

「そうやって甘やかすの、やめてください！　……い、いつか先輩がいないとだめな人間になりそうで怖いです！」

こっちは真剣に悩んでいるのに、先輩はさらりと返す。

「なんで？　なっちゃえばいいじゃん」

なんてことないように重いことを言い始めた先輩に、僕は呆気にとられて目を丸くした。

「言ったでしょ、重いって。さっちゃんはそういうの嫌い？」

そんなの決まってる。悔しさを隠しきれず、僕はつぶやく。

「……大好き、です」

「よかった」

先輩はにっこりと笑うと、ハーフアップにしていたゴムをするりと外した。

整った髪型から、もじゃもじゃのフミヤ先輩に戻る。

「俺としては大歓迎なんだけどさ。でも、たぶんさっちゃんは、そういう人間にはなんないよ。自分で前に進む勇気がある人だから。かっこいいよね、ほんと」

かわいいはいくらでもあるけれど、先輩にかっこいいと言われたのは初めてだ。

「俺は、君のそういうとこにも惚(ほ)れてる」

目頭が熱くなるくらい先輩の言葉は嬉しかった。

もう僕はだめだ。もじゃもじゃの髪だってなんだって、先輩がかっこよく見えて仕方ない。

賑やかな廊下をふたりで歩きながら、僕は先輩を横目で見続けていた。その視線に気づいたのか、先輩がささやくように言う。

「そんなに見てたら、またキスしちゃうよ、さっちゃん」

優しさと少しのいたずら心が混ざっているような先輩の笑顔。

「い、今はだめです……人がいるから。ぜ、絶対にだめ！」

僕の慌てた様子に、先輩は楽しそうに口角を上げた。

「我慢できるよ、俺。君より年上だから」

「……年齢関係ないし」

「ふたりっきりの時にさせて、たくさん」

やっぱり、先輩は僕に似てきている。ポケットに片手を突っ込んで歩く先輩の姿を僕はぎりぎりと睨みつけながら、先輩のあとを追う。

「夏休み、どこ行こうか、さっちゃん」

「あ、僕！　先輩と行きたいところ、たくさんあります！　動物園でしょ、水族館でしょ、あとプールに、……そうだ、モモの恋人のあさ子さんともWデートしたいです！」

僕の熱心な様子に、先輩が肩を揺らして笑った。

「じゃあ、まずは初デートしよう。どこがいい？」

フミヤ先輩と初デート。その言葉に、僕の胸がぎゅっと締め付けられる。長年の夢が、今まさに現実になろうとしている。

「実は僕、……ずっと好きな人と一緒に行きたかったところがあって……」

夏の陽気が教室の窓から差し込み、蝉の鳴き声が遠くに聞こえる。僕は胸がはちきれそうな幸せを抱えながら、教室に戻ってきた。

——花火大会？ 俺もさっちゃんと行きたい。じゃあ、やくそく。

フミヤ先輩の優しい声が、まだ耳元で響いているようだった。

「モモ！」

真っ先に親友であるモモに駆け寄り、興奮気味に報告する。モモは「やったね！」と、強く僕に抱きついてきた。長く抱擁を交わしたあと、自分の席に戻る。鼻歌を歌いながら授業の準備をしていると、隣の席から声をかけられた。

「なぁなぁ」

横を向けば、今井が真剣な顔でこちらを見ている。

「さっちゃん、もしかしてフミヤ先輩と……付き合ってたりする？」

今井の言葉に、僕は思わずドキリとした。自分の顔が熱くなるのを感じる。どう誤魔化そうか一瞬考えたけれど、今井はいつも僕に親切にしてくれるいいやつだ。嘘をつくのは申し訳ない気がした。

「うん……そう。実はこの前から、フミヤ先輩と付き合ってるんだよね」

言葉にした途端、改めて幸せな気持ちが込み上げてきた。でも、同時に少し不安も感じる。

「てか僕、そんなに浮かれてるかな？　やばい？　顔にフミヤ先輩好き好きオーラ出まくってる？」

両頬を手で挟(はさ)みながら聞くと、今井は少し困ったような表情を浮かべた。

「出まくってるっつうか、俺、言われたんだよね、フミヤ先輩に」

「……え？　何を？」

「文化祭の時、フミヤ先輩がメイド喫茶に来てくれただろ？」

「う、うん……」

あの時のことを思い出す。フミヤ先輩と今井が妙に親しげに話していて、僕は嫉妬していたのだ。

「フミヤ先輩にそん時、肩を掴まれて『俺、さっちゃんのこと好きだから、応援してね』って」

「……は？」

今井の言葉は、まるでスローモーションのように僕の耳に届いた。脳が情報を処理しきれず、数十秒ほど固まってしまう。やがて、その言葉の意味が理解できた瞬間、僕の中で何かが爆発したような感覚があった。顔が真っ赤になり、心臓が激しく鼓動を打つ。

「ちょ、ちょっと待って！　フミヤ先輩が、そんなこと言ったの⁉」

僕の声が裏返る。今井は少し驚いたように僕を見つめている。

「うん、そうだよ。俺も驚いたけど……やっぱ、さっちゃん、知らなかった？」

「全然知るわけない……」

僕は呆然とした。フミヤ先輩が、そんなことを言っていたなんて。だとすれば、今井への嫉妬は、まったくの見当違いだったのだ。

「え、ごめん、さっちゃん。俺、もっと早く言えば良かった⁉」

「……いい、大丈夫。マジで気にしないで、今井」

かわいい。愛おしい。今すぐ先輩のところに行ってぎゅっとしてあげたい。

込み上げてくる愛しさが、笑い声になって口から漏れる。

「さっちゃん、あのさ」

今井は少し言いにくそうに、口ごもりながら続けた。

「たぶん……つうか、絶対俺、フミヤ先輩に嫉妬されてると思うんだよね。でも、マジでさっちゃんのことは大事な友達だと思ってるから、なんつうか配慮して離れるのもさみしいじゃん⁉」

自分は人の気持ちに敏感なほうだと思っていたけれど、どうやらそうでもないらしい。今井に発したフミヤ先輩の言葉をひとつひとつ吟味（ぎんみ）していくと、なんだかくすぐったいような思いが湧き上がってくる。

僕は今井のほうを向き、にこりと笑って言った。

「普段どおりでいいよ。先輩もそこは気にしてないと思う」

「よかったー」

今井の表情が、まるで重荷を下ろしたかのように和らいだ。

「さっちゃん、改めましておめでとう」

「……ありがと！」

教室の喧騒の中、僕はスマホを取り出した。隠しきれない笑顔をたたえ、フミヤ先輩にラインを送る。

『フミヤ先輩、ずっと今井に嫉妬してたんですか？』

すぐに返信が来た。

『ようやくわかったの？　遅いよ、さっちゃん』

『今井はいいやつですよ』

『あー、またそういうこと言う』

『あと申し訳ないけど、今井は僕の趣味じゃないです』

『君の趣味は？』

『さだふみや』

『偶然、俺もその名前だ。付き合お、さっちゃん』

冗談めいた先輩の告白が、僕の胸を嬉しさで満たしていく。その時、またスマホが振動した。

『今井にごめんねって言っといて』『でもさっちゃんは俺の恋人だからよろしく』

立て続けに来たメッセージを見て、思わず笑う。どうせ僕はフミヤ先輩しか見えていないというのに。そのあと、またスマホが震え、僕は驚きのあまり、大声を出しそうになってしまった。

『もうひとつ、さっちゃんにネタばらし。実は俺さ、初めて会った時、さっちゃんがかわい過ぎて、パフェの名前ど忘れしたんだよね。知ってた？』

10　フミヤ先輩と花火大会

夏空に打ち上げられる花火への期待が高まる中、街は熱気と喧騒に包まれていた。浴衣(ゆかた)を着た人々が行き交い、祭りの雰囲気が漂う駅前。

銅像の前で待ち合わせをしていた僕は、少し緊張しながら先輩の姿を探していた。

道の隅で邪魔にならないように鏡をチェックし、ふうと息を吐く。意を決してあたりを見渡した僕は、あっという間に先輩を見つけた。

壁にもたれかかり、スマホを見ているフミヤ先輩。ハーフアップの髪型が、いつも以上に魅力的に見える。先輩はグレーの浴衣を来ていた。落ち着いた色合いが先輩の大人びた雰囲気を大いに引き立て、その姿は人混みの中でひときわ輝いて見える。

僕の顔には自然と笑みが浮かび、喜々として先輩に近づこうとしたその時。

思いもよらない光景が目に飛び込んできた。

「お兄さん、かっこいいですね。よかったら一緒に遊びませんか？」

僕は思わず口を開けたまま立ち尽くしてしまった。まるでドラマのワンシーンのような光景。先輩のそばに、ふたりの美しいお姉さんが現れたのだ。とても信じられない。僕が先輩を見つけたこのわずか数秒の間に、先輩は年上の美人に声をかけられた。あまりにも惨い事実に頭がクラクラする。

「あー、すみません。人を待ってるんで」

先輩は人好きのする笑顔を浮かべ、やんわりと彼女たちの誘いを断っていた。

僕は安堵すると同時に、これからの人生の試練を思い知らされる。先輩を好きになる人は、今後もきっと現れるだろう。僕にできるのは、自分自身のかわいさを磨き続けることだけだと、強く心に刻む。

先輩はふと顔を上げ、あたりを見回した。そして僕の姿を見つけると、嬉しそうに相好を崩し、手を上げて近づいてくる。

「おー、さっちゃん。やっぱ、浴衣姿かわいいね」

先輩の言葉に、僕は自分の浴衣を見下ろす。淡い青地に白い菖蒲（しょうぶ）の花模様が描かれた浴衣。モモと一緒に選んだ時の淡い期待がよみがえる。

「すごい似合ってる。さっちゃんのために作られた浴衣みたい」

「でしょう？」

僕は少し得意げに答え、先輩の前でくるりと回ってみせた。半分は自分のため、そしてもう半分は先輩のためにオシャレをした。先輩は何度も「かわいい」と褒めてくれる。

「手、繋いでいこ。さっちゃん」

先輩が差し出した手に、僕はためらわず自分の手を重ねた。汗をかくかもしれないと思ったけど、先輩にはきっとどうでもいいことだと思う。だって、先輩はどんな僕でも大きなスライムみたいに呑み込んでしまうのだ。

歩き始めながら、僕はちらりと先輩を見つめた。

「フミヤ先輩、ナンパされてましたね」

「見てたの？」

「見てました。……わかってると思いますけど、嫉妬しました」

包み隠さず報告にすると、先輩は「ははっ」と軽快な笑い声を上げる。

「でも、速攻断ったよ」

「……だけど、びっくりしたなぁ。僕が見つけた途端、アレだもんなぁ。ほんとに先が思いやられます。目眩がしましたよ、僕。今井どころの話じゃないですよね。信じられないなぁ、ほんとに」

延々と文句を言う僕に、先輩はにっこりと笑顔を浮かべ、僕の手をぎゅっと握った。

「お兄さん、かわいいですね。俺と一緒に花火見ませんか？」

さっきのお姉さんたちを真似たような、おどけた調子だった。僕は呆れて先輩を見上げる。先輩の目には、いたずらっぽい光が宿っていた。

「ほら、さっちゃんも俺にナンパされてんじゃん」

「……僕、人を待ってるんでお断りします」

僕の言葉に、先輩はさらに楽しそうな表情を浮かべた。

「えー、マジか。断られた。じゃあ『エッチだねおじさん』でナンパしてもいい？」

「もっとお断りします」

先輩に釣られて思わず笑っちゃいそうになるのを必死で堪える。先輩のおどけた一面を見ると、嫉妬心が少しずつ溶けていくのを感じる。どんなに僕が硬く心のリボンを縛っても、先輩はするりとそれを解いてしまうのだ。

夏の夜の空気がどんどん濃くなっていく。僕は先輩の手をしっかりと握り返した。先輩は僕の頭をそっと撫でる。

「僕のことめんどくさいって思ってます？」

「ううん。『めんどくさいって思ってるんだろうな』って拗ねてるさっちゃんが、マジでかわいいなって思ってる」

先輩の言葉ひとつひとつが、僕の体温を上げる。

「……なんとなく気づいてましたけど、先輩ってほんとに変」

先輩はそんな僕にとどめを刺すべく、耳元で小さくつぶやく。

「変な俺も丸ごと愛してね、さっちゃん」


祭りの賑わいの中、僕たちは出店が立ち並ぶ通りを歩いていた。夏の夜に提灯の明かりが柔らかくあたりを照らし、様々な屋台の匂いが混ざり合う。

「さっちゃん、これ食べる?」

フミヤ先輩が指さした先には、色とりどりのかき氷が並んでいた。僕は二つ返事で、先輩にブルーハワイ味のかき氷を買ってもらった。先輩は最初に目が合ったマンゴー味を食べるらしい。さすが一期一会を大事にする男だ。

「冷たくておいしいですね、先輩」

「夏って感じでさ、いいよね。かき氷食べてる、さっちゃん」

「……みかん食べてる僕は?」

「冬って感じでかわいい」

「じゃあ、さつまいも食べてる僕は？」

「秋って感じでかわいい」

「……春キャベツ」

「春って感じでかわいいよね、春キャベツって」

「言うと思った！」

先輩は今日もふざけている。

僕たちは人混みを避け、かき氷を片手に道の端に立っていた。甘くて冷たい氷が、夏の夜の暑さを和らげてくれる。

「けっこう暗くなってきたね。花火もうすぐだな」

「これ食べたら、見えるとこ行きましょう！」

「そうしよう。あ、さっちゃんマンゴー味食べてみる？」

「食べたいです。先輩も食べますか、ブルーハワイ」

あーん、とお互いに食べさせ合って、感想を言い合った。見つめ合い、楽しさを共有することがこんなにも幸せだと先輩は僕に教えてくれる。

先輩と一緒にここに来られてよかった。好きになったのが先輩でよかった。それだけでも僕にとっては奇跡なのに、さらに先輩が僕を好きになってくれるなんて、本当にありえないくらいの奇跡だ。改めてそう感じていた時、突然、聞き覚えのある声が聞こえてきた。

「あ、貞を発見した！　さっちゃんも発見！」

「ふたりで浴衣着てるし。かわいいかよ」

振り向くと、キヨ先輩と土屋先輩が立っていた。見慣れない彼らの私服姿は新鮮で、思わず見入ってしまう。普段、先輩ばかり見ている僕だけど、改めてキヨ先輩と土屋先輩は顔も整っているし、長身だし、とてもモテるだろうなと思う。

「……なんで会うかなぁ」

フミヤ先輩のぼやきに、僕は心の中で笑った。本当は会えて嬉しいはずだ、きっと。

「似合うね、さっちゃん」

「ありがとうございます」

土屋先輩の褒め言葉に、僕は嬉しくなって笑顔で答えた。

「貞の浴衣姿が霞むわ。めっちゃかわいい。よーく見せて、さっちゃん」

キヨ先輩が僕を覗き込むと、フミヤ先輩の表情がわずかに曇ったような気がした。僕の肩を掴んで引き寄せながら、不機嫌そうに言う。

「そのくだりさ、俺が十分やってるからもう大丈夫です」

「なんでだよ、俺らにも言わせろよ」

「そうだそうだ！ 貞だけずりーぞ！ 心が狭い恋人だと、さっちゃんに振られんぞ！」

キヨ先輩が口にした「恋人」という言葉に、僕は思わずドキッとした。先日、フミヤ先輩に聞かれた言葉を思い出す。

——あいつらに付き合ってるって言っても大丈夫？ 嫌なら、別に言わなくていいから。

気づかいのできる先輩らしい台詞だった。僕は少し恥ずかしさを感じながらも、

——キヨ先輩たちだけじゃなくて、ほかの人に言っても僕は全然大丈夫です。僕も先輩と付き合ってること、みんなに言いたいです。

そうはっきり宣言した。もしかすると紬先輩と気まずくなってしまわないかと一瞬脳裏を過(よぎ)ったけれど、そのことはまだ先輩に聞けずにいる。

「てか、クラスのやつらも来てんだよ。ほら、あそこ」

キヨ先輩の指さす方向に目を向けると、たこ焼き屋の近くに三年生の先輩たちが集まっていた。そのグループの中に、浴衣姿の紬先輩の姿が見える。

心臓がドクンと大きく鳴る。彼女は明るく笑い、こちらに手を振っていた。

フミヤ先輩は小さく手を上げて、紬先輩に応える。もし僕が彼女の立場だったら、あんな風に笑えただろうか。やっぱり紬先輩は、強くてかっこいい人だ。

「大丈夫だよ、さっちゃん。俺が好きなのはさっちゃんだけだから」

彼らと別れ、花火が見える河川敷(かせんしき)まで移動した時、人々の賑わいの中で先輩

は僕に伝えてくれた。

「一応ね、言っておこうと思って。俺の恋人は俺と同じぐらいヤキモチ焼きさんだから」

きっと僕が紬先輩のことを気にしていると察したのだろう。実際そのとおりだった僕は、胸の奥にあるモヤモヤとした感情を言葉にすることにした。

「あの、僕のせいで……紬先輩と気まずくなってないですか……？　先輩の立場が悪くなったりとか……」

言葉につまりながら、僕は先輩の表情を窺う。

「問題ないよ。さっちゃんは何も気にしなくていいことだから。これは俺の気持ちの問題だし、彼女もきっとわかってくれてると思う」

先輩の言葉に、僕は小さくうなずいた。そんな僕の手を、先輩はそっと握り、指先をなぞりながら話を続けた。

「前に言ったでしょ。人を傷つける嘘が嫌だって」

「……はい」

あの時の先輩が言った言葉。

——ひ、人を傷つける嘘って、たとえばどんな嘘ですか？

——……あー、そうだね。それについては、また今度話すわ。

あれから何も言われなかったから、話したくないのだろうと思っていた。

いつか紬先輩も言っていた。

——文哉も昔、いろいろあったから……。

ずっと気にはなっていたけれど、無理に聞こうとは思わなかった。いつか話してくれたら……そう思っていた僕は、先輩が話す気になってくれたことが嬉しくて、真剣な表情で先輩の話に耳を傾ける。

「昔、とある人と付き合ってたんだ」

こくりとつばを飲み込む。

「だけど、三股されてたんだよね」

「……さ」

三股……？　予想外の言葉に、僕は思わず力のない声を漏らしてしまった。

先輩にそんな過去があったなんて。

「情けないことに、俺はまったく気づいてなかった。その人はいつも俺のこと好きだって言ってくれたけど、結局、言葉だけでぜんぶ嘘だった」

先輩の目に、わずかなさみしさが浮かぶ。

「だから、そういう嘘は辛いなって話」

先輩の痛みに反応して、僕の心も切なく軋んでいた。

「さっちゃんが前に嘘をたくさんついたって言ってたけど、ああいうのは俺にとっては嘘じゃなくて、……なんつうか、『秘めごと』って感じ。ミステリアスな部分があっても構わないよ、俺は。……蓮くんに関しては、嫉妬したから聞き出しちゃったけどね」

ぱっと明るい顔を作り出して、先輩は「昔話はこれでおしまい」とつぶやく。

「おもしろい話じゃなくてごめん。でもさっちゃんには言っておきたかったから」

僕は思わず先輩の手を強く握り返した。怒りと悲しみが胸の中で渦巻く。

「先輩は、ちゃ、ちゃんとその人のこと怒ったんですか？　先輩、優しいから、なんか、そういうの言わなそうで――」

「すごい、よくわかってんね」

感心したように目を見開き、先輩は続ける。

「お祭しのとおり、なんか怒れなかったなー、あの時は」

「ど、どうして……」

「俺が重かったせいかもしれないし……もしかしたら、俺にも悪いとこがあったのかなって思ったんだ」

「そんなの、あるわけない！」

僕の声は、自分でも驚くほど強く出ていた。

その人の事情なんて知らない。先輩とその人がどんな言葉を交わしてきたのかも知らない。

でも、先輩の過去の傷に触れ、先輩を傷つけたその人に対する怒りが、抑えきれなかった。言葉が堰を切ったように溢れ出す。

「先輩が悪いわけないです。ほかに好きな人ができたとしても、同時に付き合うなんて絶対間違ってますから！　ていうか、三股ってなんなんですか、それ！　むかつく……！　僕のフミヤ先輩に……なんてことを……！」

涙が目の端に滲みそうになるのを必死で堪えながら、僕は声を震わせて続けた。先輩は少し驚いたような、でも優しい表情で僕を見つめていた。こんな時くらい怒ってほしいのに。その優しさが今は少し歯がゆい。

「なんで……？　なんでですか……僕、悔しいです。その人も許せないし、あなたが傷ついていた時に、そばにいてあげられなかったことも悔しい……自分に腹が立ちます」

言葉にするほどに、胸の奥で渦巻く感情が強くなっていく。先輩は遠くを見るように目を細め、柔らかな笑みを浮かべた。

「ほんとにかっこいいなぁ、さっちゃんは」

その言葉に、僕は首を振った。かっこよくなんかない。むしろ、無力感に苛まれる。先輩の過去の傷に対して何もできない自分に、ひどくもどかしさを感じていた。

「ありがとね、さっちゃん。でもさ、なんかさっちゃんに出会ってから、申し訳ないくらいハッピーなんだよね、俺」

たくさんの愛情が込められた先輩の言葉。先輩の真摯なまなざしに、僕の中の激しい感情が少しずつ和らいでいく。

「好きだよ、竹内幸朗」

「……フルネームで呼ぶな」

照れ隠しの言葉を口にしたものの、先輩にはすぐに見透かされてしまうだろう。

「さっちゃん、俺の前に現れてくれてほんとにありがとう。奇跡だって思うよ、毎日、毎秒」

「……そ、そんなの……僕の台詞なのに」

僕は意を決して先輩の手を取り、小指を絡ませた。

「僕、先輩のこと傷つけません。幸せにします。だから、やくそく」

僕は強い決意を胸にしながら、指切りげんまんをした。先輩のきれいな瞳が、ゆっくりと弧を描く。

「俺も、さっちゃんを大事にするよ、やくそく」

ふたりで決めた大切な約束。心の中を温かな思いが通り抜けていく。きっと先輩も同じ気持ちを感じているはずだ。

「めちゃくちゃ人がいっぱいいるけど、俺からキスしてもいい？　どうしても今、さっちゃんにキスしたい」

切実な欲望のこもる熱いまなざしが、僕の心に火をつけるようだった。周りは薄暗いけれど、近くの人の顔はまだ認識できるほどの明るさがある。すぐ近くから聞こえてくる喧噪の声、祭り囃子の音。理性と本能の狭間で、じわじわと切なさに襲われる。

「……だめ、です」

「そっか、だよね。ごめん、忘れて――」

フミヤ先輩は困ったように笑い、僕のためにすんなりと自分の欲求を諦めた。

僕は熱くなった頬をどうすることもできず、先輩の浴衣の襟元を両手で強く引き寄せた。驚いた先輩が「あっ」と小さな声を出しながら、一歩僕に近づく。

「だって、僕からしたい」

つま先立ちで、僕は先輩の唇に触れた。先輩の大きく見開いた瞳も、目を閉じてしまえば、もう見えない。周りの喧噪も、すべて消えていった。感じるのはフミヤ先輩の唇の温度と甘い吐息だけだ。

そっと唇を離し、

「大好きです、フミヤ先輩」

そう心のままに告げる。

誰か見ていたかもしれない。キヨ先輩も、土屋先輩も、紬先輩だって。でも、そんなのどうだっていい。

先輩は僕を抱きしめ、ゆっくりと笑い始めた。

「やばい、あざとすぎる。……さっちゃん、そのワザ何？　すげぇやられたよ、俺」

　親指の腹で僕の唇に優しく触れながら、先輩は大人びた顔で笑っている。でも、僕は笑えなかった。もっと先輩を感じたくて、先輩の胸元にぎゅっとしがみつく。

「ぼ、僕はキスが下手なので、……もう一回、先輩からしてください。できれば……あの、ちょっとだけエッチなやつ」

　とってもエッチだと僕と先輩が、大変なことになってしまうかもしれない。そう思いながら、僕は先輩の浴衣の襟をさらに強く握りしめる。

「花火あがっちゃう……先輩、早く」

　きょろきょろとあたりを見回したあと、僕は上目づかいで先輩を見上げた。これは作戦でもなんでもなくて、本当に早くしないと花火が上がってしまうと焦っていたのだけれど、先輩に伝わったかどうかはわからない。

「君にはお手上げだよ、さっちゃん」

　先輩の言葉が終わるか終わらないかのうちに、大きな音とともに花火が上がった。歓声がひときわ大きく鳴る中、僕たちの唇が重なる。先輩の唇は柔らかく、さっき食べたマンゴーの甘くて爽やかな香りが僕の鼻をくすぐった。

キスをしていた僕たちは最初の花火を見られなかった。

でも、それでよかった。花火大会はまた来年来ればいい。今は先輩の腕の中にいたい。

やがてゆっくりと唇が離れ、先輩の整った瞳が僕を見つめる。その目があまりに大切そうに僕を映すから、僕はまるで自分が美術館で厳重に保管されている美術品になったような気がした。

花火が次々と打ち上がる音が聞こえる。でも、もう一度先輩に唇を塞がれると、頭の中が真っ白になった。周りの音も消え、感じるのはドクドクと鳴り響く心臓の音だけ。

先輩が僕の舌を吸い上げ、歯列をなぞり、上顎（うわあご）の裏側を舐める。先輩に自分の体を好きにされる恍惚（こうこつ）に、僕は思わず小さな声が漏れそうになるのを必死で押し殺していた。だんだんと息苦しくなってくるのすら心地よい。先輩の腕の中にいることが、こんなにも幸せで。だけど――。

「せ、せんぱい。もう、だめです、僕……」

花火が夜空に大輪の花を咲かせる中、僕が先輩の胸を軽く押すと、先輩は意地悪な顔をして「あともうちょっとだけがんばろうね、さっちゃん」と僕の腰をきつく引き寄せた。

おわり

番外編

番外編　フミヤ先輩と初めての夜

僕にとって高校生活初めての、そしてフミヤ先輩にとっては最後の夏休みが始まってから、二週間が過ぎた頃のことだった。

パパが経営している貸し切りのコテージに、僕はフミヤ先輩とモモとあさ子さんを招待した。モモの場合は毎年、あさ子さんは去年の夏に一度遊びに来たことがある。今年は新たにフミヤ先輩を加え、四人で一泊して思う存分夏を満喫しようと計画していた……のだけれど――。

バス停から歩いて十分。蝉の鳴き声があたりに響き渡る中、僕たちはコテージに到着した。

およそ一年ぶりのコテージ。相変わらずオシャレで洋風な外観。リビングの大きな窓ガラスからは、絵はがきに収められているようなオーシャンビューが覗いていた。テラスには木製のデッキチェアが用意されていて、ここに腰かけて潮風に吹かれながら、海を眺めるのもよさそうだと思う。そんな勝手な妄想に浸り、胸が躍っている最中、ふと奥の部屋に視線が釘付けになった。――大きなベッドが四つも並んでいる寝室。

「まさかの……ふたりっきりだね、さっちゃん」

フミヤ先輩の声が、静かな室内に響く。苦笑いを浮かべた彼の横顔を見つめながら、「ですね」と僕は小さくうなずいた。

実は……モモとあさ子さんは、直前になって二人ともやっかいな風邪をひいてしまい、来られなくなってしまったのだ。特にモモは、電話口で「マジ無理、ほんとにやだぁ！　毎年行ってるのにぃ！」と泣きそうなほど残念がっていた。

でも、コテージは逃げないし、また機会はいくらでもある。そう言って彼女たちを慰めたものの、正直なところ、僕の意識は別のところにあって心臓は高鳴るばかりだった。

荷物を下ろし、部屋の中を歩き回りながら、僕とフミヤ先輩の間に流れる微妙な空気を感じていた。これまでキスは何度もしてきたけれど、まだその先には進んでいない。フミヤ先輩の部屋でそういう雰囲気になったことは多々ある。でも、そのたびにユキナちゃんとカンナちゃんが帰ってきたり、先輩のバイト先から電話がかかってきたり、宅配便が来たり、何かしらタイミングが悪かった。そんな僕たちは、旅行先のコテージというカップルに最適すぎる場所で、思いがけず二人きりになってしまったのだ。

「景色やばいね。マジできれい。さっちゃんのパパさんにお礼言わなきゃ」

空気を変えるように、先輩が明るく言う。

「モモちゃんとあさ子さんがいないのはすごくさみしいけど、俺らは彼女たちの分まで楽しもう、さっちゃん」

「そ、そうですね！　遊ぶところもいっぱいありますし、親もいないですし！　こ、ここだったら、なんでも自由に……たっ、楽しめますよね……！　いろいろと……二人だけで……」

自分で吐き出した言葉のせいで、さらに先輩のことを意識してしまい、どんどん言葉尻が小さくなってしまった。

「なんで最後元気なくなったの、さっちゃん」

わかっているのか、いないのか、フミヤ先輩は僕をからかって顔いっぱいに笑みを浮かべている。

午後の陽射しが柔らかくなり始めた頃、僕とフミヤ先輩は貸し切りのコテージを満喫していた。トランプをしたり、ゲーム機で遊んだり、冷蔵庫に入ってる食材でパフェを作ったり、時がたつのも忘れるほど有意義な時間だった。

夕方になってからは、海辺へと足を運んだ。手を繋いで砂浜を歩く僕たちの間を、湿った潮風がすり抜けていく。その日、ふたりで見た夕日はあまりにきれいで息を呑んだ。

夕焼けに染まった空と海。美しい風景を背に立つ、フミヤ先輩。彼の黒髪はハーフアップにセットされ、残り毛が首筋に色っぽく流れ落ちている。Tシャツの袖が海風にはためき、「風、気持ちいいね、さっちゃん」と笑う。美しい瞳も、高い鼻筋も、きりっとした口元も、その佇まいが醸し出す独特の色気も、何もかもが僕を魅了(みりょう)していた。

「こっち見てください、先輩」

僕はこの光景を永遠に記憶に留めたいという強い衝動に駆られ、スマホを取り出し、何度もシャッターを切ってしまった。

「撮りすぎだぞ、幸朗」

「……僕だって本当は、こんなにいっぱい撮って、スマホのストレージ容量を使いたくないんですからね。フミヤ先輩がかっこよすぎるのが悪いんですよ。僕に謝ってください」

「さっちゃんの褒め方は、癖が強いんだよなぁ」

先輩はそんな風に冗談めかして言うけれど、そのあと先輩だって僕のことをたくさん撮っていたからおあいこだ。

「さっちゃん、どうぞ」

コテージに戻った途端、先輩が突然手を差し出してきた。

「なんですか？」

好奇心に駆られて手を伸ばすと、コロンと小さな何かが落ちてきた。
「旅のお土産。売店で売ってたから、記念にあげる」
「……わぁ、ありがとうございます！」
いつの間に買ったのだろう。僕の手には、虹色に輝く小さな貝殻のチャーム
があった。僕が気づかないうちに、こっそりと用意してくれたらしい。
「きれい……」
七色に光る貝殻を指先でそっとなぞると、まるでさっきまで聞こえていた波
の音が、また鼓膜を揺らしているような気がした。先輩の優しい気持ちが伝
わってきて、胸がぎゅっと締め付けられる。
「貝殻ひとつで、そんなに喜んでくれるんだ。かわいいなぁ、さっちゃんは」
愛おしげな先輩の声に、僕はなんだか急に恥ずかしくなってしまった。子
供っぽいと思われてしまっただろうか。照れ隠しのつもりで、ちょっとだけ強
がってみせた。
「そうやってすぐ騙されちゃだめですよ、フミヤ先輩。あくまでもこれは僕の

計算で、貝殻で喜ぶ無邪気な男の子を、あざとく演出してるんですから」

「大成功じゃん。さっちゃんのこと、かわいいとしか思えないよ、俺」

僕の生意気な返事にも気を悪くすることなく、先輩は楽しそうに笑った。

「もっと俺を騙してよ、さっちゃん」


夕暮れが深まり、空が紫色に染まり始めた頃、僕とフミヤ先輩の間に微妙な緊張感が漂い始めた。何事もなく楽しい時間を過ごしているように見えても、敏感なフミヤ先輩はきっと僕の気持ちを察しているはずだ。

早めの夕飯を済ませ、忙しなく鳴る心臓を持て余して窓から海を眺める。すると、フミヤ先輩の低い声が鼓膜に響いた。

「……さて、どうしようか、さっちゃん」

アイランドキッチンに腰を預けた先輩が、僕の真意を探るように、小さく微笑んで首を傾げる。いつも僕に優しいまなざしをくれるその瞳は大人っぽく、いつも以上に僕と先輩の年の差を感じさせた。

何を、とは敢えて尋ねなかった。先輩はどこまでも僕の意思を尊重する人だ。だからこそ、僕から言わなければいけなかった。激しく鼓動する心臓を右手で押さえつつ、勇気を振り絞って言葉にする。

「ぼ、僕としては、またとない機会なので、先輩と……エ、エッチできたらいいなって思ってます！」

顔が熱くなるのを感じながら先輩を見つめると、フミヤ先輩はふわりと柔らかな笑みを浮かべた。

「賛成」

たったひとこと。でも、その言葉に込められた想いが、僕の胸に温かく広がっていく。

「先に進む前に、話し合おう、さっちゃん」

雰囲気に流されない、それが先輩のいいところだ。僕たちは四つあるベッドのうちの二つにそれぞれ腰を下ろし、適度な距離を保って話を始めた。

「どうされるのが好き？　どうするのが好きでもいいんだけど」

先輩の質問に、一瞬戸惑う。

「えっと……」

何と答えればいいのだろう。僕の浅い経験の中では、今のところ先輩とのキスが一番好きということしか言えそうにない。そう告げるのは何だか情けなく感じて、言葉を探していると、先輩が説明を続けた。

「……ようするに、立ち位置的な話」

「立ち位置……？」

いつもはっきりと物事を言う先輩にしては、歯切れの悪い言い方だった。いったい何に遠慮していたのか、深呼吸をしたあと、先輩は意を決したように顔を上げる。

「俺は抱きたい、さっちゃんを」

意志のこもった強い瞳に見据えられて、僕の心臓はドクンと跳ねる。

「え……？　あの僕、最初から抱かれるつもりで……」

フミヤ先輩が大きく目を見開いた。その瞬間、先輩の言葉の真意がようやく理解でき、僕は慌てふためく。

「あっ！　そっか……そ、そうですよね！　フミヤ先輩が抱かれたいかもしれないって、なんか思い浮かばなくて……ご、ごめんなさい！　僕、すごく軽薄な考え方でした……！」

顔が真っ赤になるのを感じながら、言葉を連ねる。先輩は少し肩の力が抜けたように、瞳を細めて笑った。

「大丈夫だよ、さっちゃん。そのための話し合いだからさ」

先輩の優しい物言いに少し安心したのと同時に、別の羞恥心が込み上げてきた。

「……なんか、すごく恥ずかしくなってきました。だって僕、ひとりで勝手に抱かれる気満々でいたんですよ……？」

あまりに滑稽すぎて笑えもしない。けれど、先輩はますますおかしそうに肩を揺らしていた。窓から差し込む終わりかけの夕日が、その整った笑顔を柔らかく照らしている。

「いや、俺としては、むしろ需要と供給が一致してめちゃくちゃありがたい。今日、ほんとにいいの？」

先輩の真剣な目が、熱を孕んで僕を射抜いた。手元をぎゅっと握ってつぶやく。

「もちろん、いいです。フミヤ先輩としたいです、僕。……今日ももしかしたらって思って、これの用意もしましたし、ネットで勉強もしてきました」

リュックの中に入れていたコンドームの箱と、苺の匂いのローションが入った小さなボトルを、先輩が座っているベッドの上に置いた。

フミヤ先輩の目が大きく見開かれ、驚きの声が部屋に響く。

「さっちゃんが用意してくれたの？　え、しかも、ゴムもこんなにいっぱい？」

僕はとても真面目な顔でこくりとうなずいた。言いたくないけれど、合計で五箱もある。『幸せの０．０１ミリ』『濃厚なひととき』『とろけて絡まる密着ゼリー』。どの謳い文句も、僕の好奇心を擽ったことだけはたしかだ。

「先輩のサイズ的なものがわかんなくて、いろいろ買ってしまいました……」

メイク用品なら、いくらでもおすすめできるけれど、この分野に関してはてんで使い物にならない。渋々言葉を絞り出す僕に、先輩は満面の笑みを浮かべた。

「やば、すげぇ嬉しいわ」

フミヤ先輩はすぐに口元を片手で覆ったけれど、その喜びに満ちた表情は隠しきれていない。

「……ニヤけすぎですよ」

僕が文句を言うと、先輩はさらに嬉しそうに返してきた。

「だって、さっちゃんが俺としたいって思って買ってくれたんだよ？　高ぶるでしょ、それは」

コンドームの箱をひとつ手に取りながら、先輩が僕に尋ねる。

「どこで買ったの？」

「……遠くのドラッグストアです。かなり遠出しました」

「店員さんは女の人？　男？」

「男の人です……。ていうか、なんでそんなこと聞くんですか」

顔が熱くなるのを感じながら、僕は抗議の声を上げた。

「さっちゃんが買うとこ、見たかったから」

「ぜ、絶対嫌です！」

「えー、だめかぁ……。つうか、さっちゃんが買うとこ見られた店員さん、ラッキーすぎるよね、いいなー。俺もドラストで働こうかなー……」

先輩はぼそぼそ何かを言ったあと、仕切り直すようににこりと笑った。その笑顔に、僕の心臓がまた高鳴る。

「実は、俺も用意してたよ」

先輩は旅行鞄の中から、コンドームを十個と、大きなローションボトルを一本取り出した。経験の差はきっとあれど、同じ気持ちを共有していたことが嬉しくて、どうしても頬が緩んでしまう。

「で、ここからまた相談なんだけどさ、さっちゃん」

「……はい。なんですか？」

「今から、君のご両親に許可取ってもいい？」

突然の提案に、僕は思わず目を丸くした。言葉の意味がまったく理解できず、眉間に皺を寄せて聞き返す。

「え？　……待ってください。ガチで言ってます？」

「うん」

「うちのパパママに？　エ、エッチの許可を取る？」

「そう」

完全にどうかしている。だけど、先輩はどうやら本気のようだ。あくまで真剣な先輩の表情を見て、僕は言葉を失った。フミヤ先輩がまさか僕の親に「今からお宅の息子さんとイチャイチャしていいですか」とばか正直に聞くなんて、前代未聞どころの騒ぎではない。そんな人間は、僕の周りを探したってひとりしかいない、どう考えたって先輩だけだ。

「俺はもう十八になるけど、さっちゃんはまだ未成年だし、やっぱ親の許可をもらっときたい。無責任なことしたくない……っていうのは建前で、大事なさっちゃんに触れるときに、罪悪感持ってるようなかっこ悪い自分でいたくないから」

三トンぐらいありそうな言葉の重みに、僕は唖然として言った。

「……せ、先輩、重すぎます」

心に浮かんだ言葉をそのまま口にし、しばらく呆気にとられる。

「今から、さらに重いこと言うね。潰れないで、さっちゃん」

「えー……」

もうすでに立っていられる自信がない。先輩は鞄から一枚の紙を取り出し、僕の目の前に差し出した。

「な、なんですか、これ」

「俺の性感染症の検査結果。初めてのさっちゃんが不安になんないように、念のため検査したから。お守りとして持ってて」

全ての項目がマイナスな検査結果を見て、僕はもう何も言葉にできそうにな
かった。
　人は自分で処理できないような大きすぎる感情を抱くと、どうやら笑わずに
はいられないらしい。涙目になるくらい笑いながら、僕は困ったように微笑ん
でいる先輩を見つめた。
「さっちゃん、俺の重みで潰れちゃった？」
「潰れますよ、そりゃあ。……だけど……僕、先輩のそういうとこ、めちゃく
ちゃ好きみたいです。重みが癖になるっていうか、愛おしいっていうか……」
　こんなにも僕のことを思ってくれる人が、今、目の前にいる。コンドームを
五箱も買ってしまった僕と、性感染症の結果を携えてパパにエッチさせてくだ
さいと頼み込む先輩。きっと、お似合いのカップルに違いない。
　ふと先輩の愛の大きさにちゃんと応えられるのか、少しだけ不安になってし
まった。でも、その不安さえも、僕が彼を好きな証拠なのだと気づく。僕は、
僕が好きな人をちゃんとわかっている。

「さっちゃんなら、そう言ってくれそうな気がしてた」

先輩が優しく手を伸ばし、笑いすぎてにじんだ僕の涙を、親指で丁寧に拭ってくれる。

「俺さ、さっちゃんを大事にするってどういうことなんだろうって、いつも考えてるんだよね。で、さっちゃんと話し合ってお互いに確認しながら、ひとつひとつ階段を上っていくことが大事なんじゃないかって結論に達したわけ」

先輩の温かい手に、顔をすり寄せた。小鳥のようにトクトクと心臓が速まる。

「……僕もそうしたいです。ふたりでたくさん話し合って、決めましょう。フミヤ先輩と僕のこと」

とりあえず、パパとママには早急に決断してもらわなければならない。

夜の闇が深まり、コテージの窓から月明かりが漏れている。部屋の静寂を破るように、フミヤ先輩の声が響いた。

「……わかりました、それでは失礼します」

厳しい表情で電話を切った先輩の姿。僕は不安を抑えきれず、思わずすがりついた。心臓が早鐘を打つのを感じながら、震える声で尋ねる。

「う、うちのパパとママなんて……？」

先輩はしばらくの間、暗い顔で黙り込んでいた。やっぱり、だめだったのかもしれない。そう思った途端、突然先輩の顔が和らいだ。まるで堪えきれなかったかのように、白い歯を覗かせて笑う。この人は……また悪い癖が出ていやがる。

「先輩、どっちなんですかっ！」

僕の焦りに満ちた声に、先輩は笑いながら答えた。

「ごめんごめん、さっちゃん。その一、ゴムだけはちゃんとしろ。その二、さっちゃんを傷つけるなってさ」

言葉の意味を理解し、僕の中で安堵に似た喜びが広がった。どうやらパパもママも、僕たちの関係を認めてくれたらしい。嬉しさと恥ずかしさが入り混じる中で、僕はさらに複雑な感情に包まれた。パパは僕を傷つけるなと言ったようだけれど、逆に僕が先輩を傷つける可能性だってあるかもしれない。

僕はか弱い存在なんかじゃなくて、先輩と対等なひとりの男だ。きっと、先輩はそれをわかってくれるような気がした。どんな顔をして家に帰ればいいのか、それは依然として謎のままだけれど。

「……人生で一番緊張したわ」

ほっとしたように笑う先輩に、勢いよく抱きついた。どんなに急でも、先輩は僕をしっかりと抱き留めてくれる。その温もりに包まれながら、決意を固める。今日、僕はこの人と心と体を重ねるのだ。

「あの……一応、やり方は調べてきましたけど、……先輩も教えてくださいね」

先輩は大人びた表情で微笑んだ。その瞳に僕への深い愛情が宿っているように思えるのは、きっと僕の勘違いなんかじゃない。

「大丈夫。ゆっくりやろう。俺たちふたりで、力を合わせて。エッチするぞー、えいえいおー」

「……萎えるんで、そういう冗談はやめてもらっていいですか」

先輩の軽口に、僕は鋭いツッコミを入れた。

男同士の性行為が簡単じゃないことくらいわかっている。これから先、僕は先輩に死ぬほど恥ずかしいところを見せなくてはいけないのだ。むすっと頬を膨らませると、先輩がわざとらしい砕けた口調で言う。

「萎えるくらいがちょうどいいって。ちょっと、マジでさ、茶化してないとやばいのよ。フミヤ先輩は君にもっと触りたくて、今にもどうにかなりそうなんだから」

僕が怖がらないように、こっそり隠された先輩の本音。ぞくっと肌が粟立つ感覚が、全身を駆け巡る。カフェでスイッチが入った時の彼みたいに、フミヤ先輩は僕の腰を引き寄せて本気な顔をする。

「怖かったり、嫌だったりしたら言って。俺はちゃんとブレーキを持ってるし、さっちゃんが止めたいときはいつでも止めていい。君が一番だから、俺は」

胸が燃えているみたいに熱くて、息もできない。自分はとことん我慢するくせに、僕には我慢をするなと言う。先輩のずるい優しさに、泣きそうになりながら小さくうなずいた。

「僕もちゃんと言いますから、先輩も僕にしてほしいことがあったらちゃんと言ってくださいね」

「…………………………わかった、と思う。たぶん」

返事をするまでにものすごく間があったのも、先輩にしてはやけに曖昧な返事なのもおかしくて、勝手に笑みがこぼれた。先輩の体を抱きしめながら、心の中で強く思う。どんなことをしてほしいと思っているのか、僕は今日、絶対に先輩の口を割らせるつもりだ。

「触るね、さっちゃん」

小さくうなずくと、先輩の指先が僕の服をそっとたくし上げ、直に肌へと触れてきた。熱い先輩の手が臍をたどり、みぞおちを過ぎ、胸の先に触れる。血管ごと波打っているみたいだ。骨張った指先で円を描くように潰され、体の輪

郭が溶けてなくなってしまいそうなほどの恍惚を覚える。勝手に涙が滲んで、

「ん」と小さく身もだえると、先輩は耳にキスをするみたいに聞いてきた。

「怖い？」

「怖くない、です。でも……心臓が、破裂しそうです」

「大丈夫。それは俺も同じだから」

「ぼ、僕のほうが絶対に破裂しそうなんで、先輩と一緒にしないでください」

「……おい、ここで負けず嫌いを発揮するなよ、幸朗」

くすくすと先輩が笑うから、受け取るキスも小刻みに震えた。最初は僕も笑っていたけれど、そんな余裕はすぐに消える。

口の中に入ってくる先輩の舌に、一生懸命応えた。もっと刺激の強いほうへ、早送りしたくなるけれど、そうしない。だって、フミヤ先輩とのやり取りを飛ばしてしまうのはもったいない。メイクする前、わくわくしながら肌を保湿するように、下地を塗って、丁寧にファンデーションを広げるように。先輩がくれるドキドキを目一杯、感じていたかった。

「やばいな……。さっちゃん、ほんとかわいい」

首筋にキスをしながら囁かれ、「んぁっ……」と出したこともない甘い声が出る。僕は恥ずかしさに耐えられず、咄嗟に先輩の視線から隠れるように両手で顔を覆った。

「なんで、隠さないで。見せてよ、さっちゃんの顔」

「いや、です……。こうしてないと、へ、変な声、出しちゃうし、……は、恥ずかしいです」

「変な声って……、幸朗に失礼だよ、さっちゃん」

僕の羞恥心を咎めるように、先輩が胸の先を軽く噛んできた。

「ぁっ……！　んっ」

「ほら、とってもかわいい声なのに」

僕が僕の悪口を言うのを、先輩は許してくれないらしい。

「ここ、気持ちいい？」

「き、気持ちいい……ですけど……っんン！」

「見せて、さっちゃんが感じてるとこ」

「ん――や、だめ、です……」

「だめじゃない」

「先輩、ひ、どい……」

「ひどくないよ。さっちゃんもさっき言ってたよ。さっちゃんにして欲しいこと、言っていいって」

「――ぁっ、そんなぁ……」

指の隙間からフミヤ先輩を見つめると、懇願（こんがん）するように僕の手に口づけてきた。

「さっちゃん、俺のこと、いじめないで。ぜんぶ聞きたいし、ぜんぶ見たい。俺はさっちゃんが、好きで、好きで、しょうがないんだって」

「もぅ……そうやって、ずるい、言い方……する……」

震えるほどの勇気を出して、顔から両手を退ける。フミヤ先輩は「ごめんね」と小さくつぶやくと、欲望を隠さない瞳で荒々しいキスをしてきた。

長いキスの余韻に浸って目を瞑っているうちに、たっぷりとローションで潤された先輩の指が、体の中にゆっくりと侵入してくる。

「ん、……っ」

「力抜いてって言っても、最初は無理だよね」

先輩のことは心から信用している。でも、先輩の言うように、慣れない行為に体がついていかなかった。以前、何回か自分で練習したけれど、その時もあまり上手くはいかなかった。先輩の指を追い出したがる体を持て余し、先輩の背に手を回してしがみつく。フミヤ先輩は僕の額に柔らかく口づけを落とすと、優しい顔で微笑んだ。

「ここで、さっちゃんにクイズです」

急な先輩の言葉に、僕は「え?」と目を丸くする。

「ク、クイズですか……今? この状況で?」

「そう。していい?」

「ど、どうぞ……」

先輩はにやりと笑って言った。

「今、使ってるローションは俺のでしょうか、それともさっちゃんが買ってくれたやつでしょうか」

信じられないくらい、めちゃくちゃくちゃくだらないクイズだ。

「僕の推理力、舐めないでくださいよ」

すんと鼻から息を吸うと、苺の匂いがかすかに漂う。

「僕が買ったやつです」

「ブッブー。はずれ」

「えー、嘘だ……」

「正解は『両方使ってる』でした」

サイドテーブルを見ると、たしかに両方とも封が切られていた。先輩が買った無臭のローションと、僕が買った苺のローション。知らない間に、いつの間にかコラボレーションしていたようだ。

「記念にどっちも使おうと思って」

「初エッチ記念に……？」

「そう。ローション大盤振る舞いニキ」

「くだんねぇ……」

思わず漏れた言葉。僕と先輩は顔を見合わせ、声を出して笑い合う。そうやって笑っているうちに、先輩によって指が増やされ、凝り固まっていた体が徐々に柔らかくなっていくのを感じた。

「……ぁっ、あ——」

「上手だよ、さっちゃん」

行為の最中、まるで今までの感覚を上書きするような、新たな感覚がせり上がってくるのを感じた。

「そこ、や……、あっ」

「自分で触って練習してみた？」

「少し、だけ……。でも、自分じゃ、あんまりうまく、できなくて……んっ」

女の人みたいに濡れないし、時間をかけなければスムーズにはいかない。でも、それが僕たちの形だ。

準備を重ねて、体内を整えて、積み上げた先にある面倒な行為にとんでもなく愛を感じている。

「ああ、かわいい。……たまんないよ、さっちゃん」

フミヤ先輩が片手で早急に服を脱ぎ捨てる。鍛えられた色気のある体に、胸の奥がキュンとした。この先の行為に期待して、焦げ付きそうなくらい全身が熱く滾る。

「……ここに、入れるね」

自分の欲を精一杯コントロールしているであろう先輩の姿に、赤い顔で小さくうなずく。散々解されたそこから指が抜かれ、直接感じる彼の温もりに、今さら怖くなって、胃のあたりがぎゅっと縮こまった。

「んぅ……」

覆い被さってくる先輩と僕の体の境界線が、どんどん曖昧になっていく。中を暴かれるような一瞬。ひとつになる感覚に、自然と涙があふれた。

「マジでごめん、……俺だけすげぇ気持ちいい。……痛いよね、ごめんね、さっちゃん。今日は、あんま奥には入れないから……」

心配そうな顔でフミヤ先輩が僕の目尻の涙を拭い、僕は必死に首を動かした。

「ちが……い、……ます……。痛いんじゃなくて……」

言葉の続きを優しく促すように、先輩が僕の髪を撫でる。

「だって、こ、こんなにフミヤ先輩とひとつの生き物みたいに、ぴったりと重なってたら……」

「うん。重なってたら？」

「……は、離れちゃうのがさみしくなるじゃ、ないですか……」

始まったばかりなのに、もう終わりがさみしいなんてばかみたいだ。

「ずっとこうしてたい……。僕、先輩と……離れたくないです……。じ、自分でわかってます……。舞い上がって、……変なこと言ってるって……でも――」

背中にはちゃんとシーツもベッドもあるのに、先輩にしがみついていなければ、このままどこかに落っこちて、離ればなれになってしまいそうだった。

「……先輩、やです……。もっと、僕のナカにきて、ください……」

もう僕から出られないくらい、深く、奥に。

「……あぁ～」

力の抜けたように先輩は項垂れると、僕の首筋に顔を埋めて、「今のはさすがに反則」とつぶやく。

「……呆れ、ちゃいました？」

「まさか。そうじゃなくて……。俺も、……ずっとこうしてたいって思ってるよ。間違いなく、さっちゃん以上に」

「……僕のほうが思ってます」

「出た出た、幸朗の負けず嫌い」

シーツに拘束されるように両手を握られ、上から覗き込む先輩の意地悪な笑顔に胸がドキドキした。

「舌出して。今から、証明する」

言われるまま舌を出し、赤くてらついた先輩の舌を迎え入れた。舌の根をきつく吸われると、僕の不安もさびしさも、先輩が吸い取ってくれるみたいに、この行為への欲だけが残る。

「んっ……」

ふたりの舌が深く、濃く絡まり、このまま蝶々むすびだってなんだってできそうだった。腹の奥がじんじんする。鎖骨、胸の先端、背骨、腰、腕、脇の下、太ももの内側。普段意識すらしていないところも、先輩に触れられるとどこもかしこも切なくてたまらない。

「好きだよ、さっちゃん」

最奥まで先輩が腰を沈め、嬉しさにまた涙が出た。

「……僕も、……ンッ……すき、です」

もっと触って、先輩。もっと擦って、先輩。フミヤ先輩だけにしか許さない僕の奥深くを、先輩ので、もっと。

朝日が眩しくて目を開けると、先輩はすでに起きていた。涼しげな切れ長の瞳と、しっかり視線が合う。いつからそうやって僕を見つめているのだろう。

重すぎる恋人に疑問を持ちつつも、礼儀正しい僕は挨拶を優先させた。

「おはようございます、フミヤ先輩」

「……おはよ、さっちゃん」

低く掠れた声が返ってくる。もじゃもじゃの髪をかき上げ、先輩が爽やかに笑った。先輩の顔を見ていたら、昨日の出来事が怒濤の勢いで思い起こされ、一気に顔が火照ってしまう。

僕も先輩もボクサーパンツ一枚で、ほかには何も身に纏(まと)っていない。先輩の割れた腹筋が目に入る。そして先輩は起き上がると、僕のおでこに音を立ててキスをした。「好きだよ、さっちゃん」そんな甘い言葉とともに。

「目覚めてすぐ、さっちゃんに挨拶できんの最高だわ。……体は？　辛くない？」

「……大丈夫、です」

昨日の夜、先輩はずっと優しかった。だから、大丈夫じゃないのは、このどうにもならない照れ臭さだけだ。

「そっか、ほっとしたわ。疲れただろうから寝てて」

僕の頭をくしゃりと撫で、そのままベッドを出ようとする先輩を慌てて引き止める。

「……せ、先輩もゆっくりしてくださいよ。省エネ系男子高校生のキャラがブレるじゃないですか」

「普段は省エネでも、さっちゃんでフルチャージしたから、今はエネルギー溢れてんだって」

そう笑って言い残し、先輩はズボンだけを穿いてキッチンに向かってしまった。

朝日に照らされた先輩の肩甲骨。筋肉の付いた腰のライン。肩のあたりに走っている小さなひっかき傷の赤い痕は、昨夜高ぶる感情を抑えきれず、無意識のうちに僕が爪を立ててしまったものだ。

「喉渇いてる？　コーヒー入れようか？　腹も減ってるよね？　ついでに朝食作るよ」

ただ抱きしめてほしかったのに、先輩は僕の空腹を満たすことに夢中になっていた。ベッドを探り、適当に手に触れたTシャツを羽織る。

キッチンコンロの前に立った先輩に、素足でぺたぺたと近づくと、先輩は振り返らずに言った。

「寝てていいんだよ、さっちゃん。できたら起こすから」

先輩のそばにいたいのに、肝心なことに気づいてくれない。

「……先輩のTシャツ、勝手に借りました」

やっと振り返ってくれた先輩は、僕の姿を上から下まで見て、にやりと口元を上げた。

「うわ、ほんとだ。彼シャツのさっちゃんじゃん。生脚がめちゃくちゃ……エッチだね。おじさん、太ももにかぶりつきたくなっちゃうな」

昨日、ほんとにかぶりついたくせに。

「エッチだねおじさん、チーッス」

僕はおじさんに適当な挨拶をして、フミヤ先輩の背中に抱きついた。先輩の手元を覗くと、目玉焼きが四つとハムが二枚、フライパンの中でじゅうじゅうと音を立てている。それに、パンとコーヒーの香ばしい匂いもどこからか漂ってくる。

「フミヤ先輩って天才」

「俺の恋人は、天才のハードルが低くて助かるわー」

僕は笑いながら、何も着ていない先輩の背中にぐりぐりと頭を押し付けた。

先輩は「背骨がゴリゴリ言ってるって」とつぶやきつつ、フライパンを持っていないほうの手で、僕の指先に自身の指先を絡めてくる。

「好きな人とエッチするのってどんな感じなんだろうって、今まで漠然と想像してました」

「……実際はどうだった？」

油の跳ねるフライパンに視線を合わせたまま、先輩が僕に尋ねる。

「ひとことで言うなら、『恥ずかしい』あと『恥ずかしい』それに『恥ずかしい』ですね」

あれもこれもそれも、先輩にぜんぶ見られた。

「正直なご感想、大変参考になります。俺的に次の目標は、さっちゃんのそれに『気持ちいい』もプラスさせることだわ」

僕はむっとして、唇をとがらせる。

「……気持ちよかったですよ。先輩も、ほんとはわかってるでしょう……？」

「うん、わかってる。ちゃんと昨日、言質（げんち）とったから」

「な……」

もじゃもじゃの頭で余裕な顔をしているのがむかつくから、今度はさっきよりも強く頭をぐりぐりした。先輩はまだ楽しそうに笑っている。

「……ねぇ、フミヤ先輩」

「ん？」

「……僕に、キスしてもいいんですよ？　先輩がどうしてもしたいって言うなら、ちょっとだけ、エッチなやつ」

あざとく指先を絡め、上目づかいで先輩を見つめた。

先輩は笑うのをやめて押し黙ると、コンロの火を止め、ぞくりとするような色気のあるまなざしで僕のほうに向き直った。

「……ん」

僕に訪れた、まばゆいほどの奇跡。それをずっと続くありきたりな日常に変えるため、僕は目を閉じ、今日も先輩と甘いキスをする。

おわり

あとがき

こんにちは、椿ゆずです。このたびは『フミヤ先輩と、好きバレ済みの僕。』を手に取っていただきまして、本当にありがとうございました。好きバレ済みの僕……なんてかわいいタイトルなんでしょう！　もちろん私——ではなく、編集部のみなさまに考えていただきました。

改めまして、BeLuck文庫さん、新レーベルの創刊誠におめでとうございます。記念すべき創刊のラインナップにフミさち（フミヤとさっちゃん）を入れてくださったことが、本当に嬉しくてたまりません。これからBeLuck文庫さん、並びにフミさちが、長くみなさまに愛してもらえることを心から祈っております。

イラストは、砂藤シュガー先生が担当してくださいました！　今回、フミヤのオンとオフを描き分けるのは相当難しいお願いになってしまっただろうと思っていたんですが、そんな考えも遠くに吹き飛んでしまうほど、イケメンともじゃもじゃのギャップを素敵に仕上げてくださいました！　みなさまもぜひ色気がダダ漏れなイケメンフミヤと、もじゃもじゃニキの対比を楽しんでいただけたら嬉しいです！　もちろん、ネコちゃんおめめがキュートで、愛おしいさっちゃんも、元気いっぱいモモちゃんもよろしくお願いいたします！

砂藤シュガー先生、フミさちに命を吹き込んでくださり、本当に本当にありがとうございました！

また、この本を出版するにあたり大変ご尽力くださいました担当様、編集担当様、関係者の方々、友人たち、フォロワーさんたちにも厚く御礼を申し上げます。

何よりも、ここまでお付き合いくださったあなた様に心から感謝を申し上げます！　もしよければ、感想などをお聞かせいただけたら大変嬉しいです。どこかでまたお会いできますように……！

二〇二四年十二月二十日　椿ゆず

椿ゆず先生へのファンレター宛先
〒104-0031　東京都中央区京橋1-3-1　八重洲口大栄ビル7F
スターツ出版（株）　書籍編集部気付　椿ゆず先生

フミヤ先輩と、好きバレ済みの僕。

2024年12月19日　初版第1刷発行

著　者　椿ゆず ©Yuzu Tsubaki 2024

発行人　菊地修一
発行所　スターツ出版株式会社
〒104-0031
東京都中央区京橋1-3-1　八重洲口大栄ビル7F
TEL　03-6202-0386（出版マーケティンググループ）
TEL　050-5538-5679（書店様向けご注文専用ダイヤル）
URL　https://starts-pub.jp/
印刷所　株式会社　光邦
イラスト　砂藤シュガー
デザイン　フォーマット／名和田耕平デザイン事務所
カバー／名和田耕平＋亀谷玲奈（名和田耕平デザイン事務所）

この物語はフィクションです。
実在の人物、団体等とは一切関係がありません。
※乱丁・落丁などの不良品はお取替えいたします。
上記出版マーケティンググループまでお問い合わせください。
※本書を無断で複写することは、著作権法により禁じられています。
※定価はカバーに記載されています。

ISBN　978-4-8137-1677-8　C0193　Printed in Japan

この恋、ずっと見守りたい！

BeLuck文庫 好評発売中!!

隠木鶉／著

修学旅行で仲良くないグループに入りました

大人気“美形×平凡”BL作品が待望の書籍化!!

平凡で温厚な性格の高校生・日置は、仲の良い友達がひとりもいないクラスになって落ち込み中。修学旅行の班決めでブルーになっていると、超クールなモテ男子・渡会がいる班になぜか強引に招かれてしまう。渡会に対して最初は緊張していた日置だけど、渡会は常にそばにいて気にかけてくれた。そうして徐々に打ち解けあううちに、渡会の執着心が見えてきて…？「俺と友達になってほしい」「早く俺を選んで」「…抱き締めてもいい？」修学旅行から始まる悶絶必至の美形×平凡BL♡

ISBN:978-4-8137-1678-5　定価：792円（本体720円＋税）

キャラクター文庫初のBLレーベル

BeLuck文庫

創刊！

創刊ラインナップはこちら

『フミヤ先輩と、
好きバレ済みの僕。』
ISBN：978-4-8137-1677-8
定価：792円（本体720円＋税）

『修学旅行で仲良くない
グループに入りました』
ISBN:978-4-8137-1678-5
定価：792円（本体720円＋税）

隔月20日発売！ ※偶数月に発売予定

新人作家もぞくぞくデビュー！

BeLuck文庫
作家大募集!!

小説を書くのはもちろん無料！
スマホがあれば誰でも作家デビューのチャンスあり！
「こんなBLが好きなんだ!!」という熱い思いを、
自由に詰め込んでください！

作家デビューのチャンス！

コンテストも随時開催！
ここからチェック！ →